www.tredition.de

AF185677

Sebastian Teruel

Esplanada

Geschichten eines Sommers

www.tredition.de

© 2021 Sebastian Teruel
Coverphoto: Sven Klaipedat

Verlag und Druck:
tredition GmbH, Halenreie 40-44, 22359 Hamburg

ISBN

Paperback: 978-3-347-26577-6
e-Book: 978-3-347-26579-0

Mein Dank gilt allen, die mir geholfen haben – in technischer oder inhaltlicher Weise. Natürlich all jenen, die mich lieben.

Alle Zitate werden kursiv kenntlich gemacht, die jeweiligen Urheber namentlich genannt. Sollte es zu Verletzungen bestehender Rechte gekommen sein, bittet der Autor um einen (freundlichen) Hinweis, wenn Änderungen vorzunehmen sind. Vielen Dank.

Kapitel 1

Losgegangen war ich bei bestem Sonnenschein, wollte auf der Esplanada sehen und gesehen werden, lesen und mich dabei betrinken.

Esplanada? Ja richtig … ›die Esplanada‹. Eine Bar mit einer großen Terrasse auf dem breiten Gehweg. Die Terrasse, umgrenzt von großen Steinkübeln mit Grüngewächsen, ist im Sommer gewissermaßen mein Wohnzimmer, wenn ich es in meiner Ein-Zimmer-Wohnung nicht mehr aushalte, was häufig vorkommt. An der Außenwand des Gebäudes sind Zweier- und Dreiersitzbänke angeschraubt, davor stehen Tische für zwei bis sechs Personen und weitere Tische und Stühle. Großartig ist der kleine Stadtpark gegenüber auf der anderen Straßenseite. Eine grüne Oase zwischen schönen fünfstöckigen Häusern, die im Gründerzeitstil um 1900 gebaut wurden und die sich beinahe alle im gut sanierten Zustand befinden. Großartig deshalb, da der Park Richtung Westen liegt und die Sonne an Sommerabenden noch lange durch die Bäume auf die Terrasse der Esplanada scheint.

Ein wunderbarer Ort, um sich ein wenig nutzlos-sinnend aller Getriebenheit des Tages zu entziehen. Ein Ort für gute und hoffnungsvolle Gedanken.

Aber des ›Schicksals Rad‹, der ›Lauf der Dinge‹, ließen mein Vorhaben entgleisen. Kaum hatte ich Platz genommen und ein schöner Abend sollte beginnen, als …

»Willst du nicht lieber rein? Regnet gleich«, empfahl mir *die äußerst freundliche Bedienung*, wie ich den Kerl nenne, der an den meisten Tagen des Sommers auf der Terrasse bedient. Ein stets freundlicher, hoch gewachsener Schlacks. Wir kennen uns seit Jahren und machen uns gern einen Jux daraus, den anderen hin und wieder nicht *zu* ernst zu nehmen. Ich sah erst zum blauen Himmel hoch, dann die äußerst freundliche Bedienung an.

»Blödsinn, das Wetter bleibt so!«

»Wenn du das sagst.«

»Was soll der Unsinn, hier den Wetterfrosch zu spielen? Das wird ein wunderbarer Abend!«

Dass meine Weisheit den Göttern gleich und der eines Wetterfroschs weit überlegen sein müsse, war die folgerichtige und entschuldigende Antwort der äußerst freundlichen Bedienung.

»Na also.«

***

Zwanzig Minuten später goss es in Strömen. Kein majestätisches Gewitter mit blitzenden Lichtgewalten, durchschlagendem Donner und tanzenden Baumkronen im Wind, welche die Mächte und Möglichkeiten dieser Welt bejubelten und am Himmel den Beweis für die Kraft des Lebens und des Seins belegten. Kein sommerlichenergievoller Ausbruch eines gewaltigen Wettergottes. Wahrlich nicht.

Dieser Regen war anders. Er verdrängte den schönen Frühlingstag mit einer unangenehmen kalten Luft und prasselte aus einer schrecklichen grau-schwarzen Wolkendecke herunter, die so tief lag, dass von einem Himmel nicht mehr die Rede sein konnte. Erdrückend und ohne Erhabenheit eines Unendlich-Großen, eine entmutigende, schwer geduckte Niedrigkeit.

Einen Himmel gab es nicht mehr. Der beunruhigende Eintrag von Galileo Galilei in seinen Aufzeichnungen vom 10. Januar anno

1610 – als er zu wissen meinte, die Welt drehe sich um die Sonne – »*Himmel abgeschafft*«, wurde zur Wahrheit.

Ein abgeschaffter Himmel ist keine tröstliche Vorstellung, auch wenn sie dem einen oder anderen als Wahrheit gilt – schön ist sie nicht, diese Vorstellung. Wie oft ist das Leben der Menschen traurig und bedarf des Trostes? Was nützt die reine Wahrheit, wenn doch Trost gebraucht wird?

Nun, statt beim Lesen in einem Straßencafé an einem kleinen Tischchen zu sehen und gesehen zu werden, saß ich allein, geflüchtet vor Kälte und Regen, im Innenraum der Bar an einem für eine Person viel zu großen Tisch. Was auf der Terrasse der Esplanada bei Sonnenschein wohl Sinn machte, war jetzt ein wenig lächerlich geworden.

Den Stiel des Weinglases mit meiner linken Hand fest umklammernd, starrte ich angestrengt auf das vor mir aufgeklappte, schon ein wenig zerfledderte Buch. Eine einsame Kerze auf dem Tisch war natürlich kein geeignetes Licht zum Lesen.

In der Bar brannte die spärliche Beleuchtung und ein paar Kerzen, albern und mit einem deprimierenden Ergebnis, gegen das trübe graue Tageslicht an. Der Raum war kalt und ungemütlich. Rauchschwaden zogen wie müde, freudlose Geister umher, die zu einer viel zu frühen Stunde aufgewacht waren. Die fröhliche und viel zu laute karibische Musik wollte – oh Wunder! – an einem verregneten Nachmittag nicht wirklich passen.

An den anderen Tischen, kunterbunt mit ungleichen Stühlen, Sesseln und Sofas umstellt, saßen in kleinen Grüppchen wenige andere Gäste, die trotz der trübsinnigen Atmosphäre erstaunlich gut gelaunt waren und das Beste aus dem frühen Abend zu machen schienen. Vor dem Tresen saßen auf Barhockern zwei weitere Gäste, sich lautstark unterhaltend.

Warum ging ich nicht nach Hause, legte mich in ein heißes

Schaumbad und las dort gemütlich weiter?

Weil ich zwanzig Minuten zuvor beim Wetterfrosch zur Unterstreichung meiner göttergleichen Weisheit nicht nur ein Glas, sondern eine ganze Flasche bestellt hatte.

Ich zuckte die Schultern, goss aus der halb vollen Flasche nach und beobachtete ein wenig niedergeschlagen das Geschehen. Ganz anders die äußerst freundliche Bedienung. Elegant und galant wie eh und je navigierte er zwischen Tresen und Tischen hin und her. Er unterhielt sich freundlich mit den Gästen und war bemüht, alle bei Laune zu halten.

In den nächsten Stunden las ich, beobachtete und nippte nach und nach vom Wein. Die Bar leerte sich an diesem Abend schnell und als die äußerst freundliche Bedienung eine erste Pause machen konnte, setzte er sich wie so oft mit einem Whisky zu mir. Ich packte mein Buch in meine Umhängetasche und wir erzählten uns alte und neue Geschichten.

Als kein anderer Gast mehr da war, begann die äußerst freundliche Bedienung den Tresen sauber zu machen. Ich hatte mich auf einen der Hocker gesetzt. Im vertrauten Schweigen alter Freunde gaben wir uns der Stille eines regnerischen Abends hin.

Nach zwei Stunden war die äußerst freundliche Bedienung fertig und wir beide müde. Ich zahlte und wir drückten uns herzlich zum Abschied.

***

Das nasskalte Regenwetter war weiter gezogen, ein wenig Wärme trotz der aufgeklarten Nacht zurückgekehrt. Wie unsichtbare Fußspuren waren die Sonnenstrahlen des Tages auf den Straßen und Häuserwänden zurückgeblieben. Die vom Regen feuchten Gehwege und Wände dampften nebelartig in den Lichtkränzen der Straßenlaternen. Es war schön und unheimlich zugleich.

Die Welt schlief tief und fest.

Der Nachthimmel war eine tiefblaue Unendlichkeit, der kurze Weg nach Hause wie gemacht für tröstliche und hoffnungsvolle Gedanken.

Ich atmete tief ein und schlenderte den Gehweg entlang.

Kapitel 2

Ungeachtet der späten Stunde strahlte die Sonne noch im vollen Schein, nicht bereit abzudanken, ungestört von Wolken. Denn endlich war er da, der erste Sommertag des Jahres, mit dem Duft von Wärme und Trockenheit, Baumblüten und Gräsern. Die Zeit der langen Nächte würde bald beginnen.

Nach einem langen Arbeitstag – acht monotone Stunden im Büro, bei diesem Sonnenschein! – lehnte ich mich gut gelaunt auf eine der Bänke der Esplanada zurück. Frisch geduscht, mit wohlriechendem Haar, Reinheit ausatmend und auf meinen Wein wartend.

Und was für ein Warten. Wir können traurig oder, noch schlimmer, wenn wir alt und krank sind, hoffend auf den Tod warten. Unruhig, ja nervös auf wichtige Nachrichten, die schon bald wieder unwichtig sein werden. Auf den Bus, einen Zug, ein Flugzeug. Warten, dass der Arbeitstag zum Feierabend wird, das Weihnachten vorbei ist. Ja, das Warten – dieser bittere Begleiter der Zeit.

Aber nein, mein Warten war friedlich. Warum? Da es nicht auf einen Abschluss drängte, ein Ergebnis, eine Vollendung oder Sinnhaftigkeit. Selbst wenn die äußerst freundliche Bedienung meinen Wein vergessen sollte, werde ich diese Ruhe des Wartens als Bestandteil der natürlichen Dinge des Lebens in mich aufnehmen. Sicher wären jetzt ein paar feine Schlückchen wünschenswert, aber diese werden noch kommen, *da* bin ich mir sicher und sollte deswegen keine Sorgen aufkommen lassen. Denn der Weltgeist, der uns in solchen Momenten besuchen kommt, wird den richtigen Zeitpunkt schon zu bestimmen wissen.

Eine Mutter mit einem Kleinkind im Kinderwagen, das mich stumm, aber mit vergnügt-staunenden Augen ansah, lief telefonierend an unseren Tischen vorbei.

Die Bezeichnung ›unseren‹ Tischen war nicht richtig. Es gab zu dieser Stunde noch keine ›unseren‹. Ich saß allein auf der Terrasse. ›The PrimeGuest‹. Ich bin nicht nur Stamm-, sondern meist auch der erste Gast der Esplanada, wenn diese an Wochentagen um achtzehn Uhr öffnet. Die äußerst freundliche Bedienung hatte die Stühle und Tische erst wenige Minuten zuvor aufgestellt, noch schnell meine Bestellung aufgenommen und ward seitdem nicht mehr gesehen.

Die Mutter mit dem Kinderwagen war stehen geblieben, konzentriert auf ihr Gespräch, und drückte dem Kleinkind ohne jede Not einen Schnuller in den Mund. Es hatte weder geschrien noch gemosert. Nur ein Glucksen war zu hören gewesen, ein »Bäh!«, womit es mich wohl begrüßen wollte. Sofort spuckte es den Schnuller aus und fing zu weinen an.

Die Mutter, die das nicht mitbekam, war wieder lautstark in das Drama ihres Telefonats verwickelt, dessen Höhepunkte, »Gibts denn so was?«, »Stell dir mal vor!«, »Also, wenn du mich fragst …« die Welt bereicherten.

Das Kind starrte mich tränenüberströmt an, ich lächelte es mit großen Augen freundlich an. Tatsächlich hörte das Kind mit dem Weinen auf und lächelte ebenfalls, stopfte sich dann nach Kleinkindart seine Händchen in den Mund und sah mir neugierig hinterher – da ich in der Ferne verschwand, während die Mutter weiterzuckelte.

Dieses kurze Zurücklächeln. Es war noch zu erkennen, auch wenn das Kind sich die Händchen weiterhin halb in den Mund stopfte. In den Augen war es zu sehen. Das Lächeln durchleuchtete alle noch eben geweinten Tränen.

»Ich wünsche dir alles Liebe«, murmelte ich dem Kind hinterher, während ein anderer Passant, der in diesem Moment vorbeiging, mich ein wenig erschrocken ansah, um dann schneller weiterzulaufen.

***

Die äußerst freundliche Bedienung hatte mich und meinen Wein vergessen. Der Weltgeist, seine Weissagungen, der Frieden und alle Liebe schmolzen in den wunderbaren abendlichen Sonnenstrahlen dahin.

Ich erinnerte höflich, ob, »wenn die *Masse anderer Gäste* bedient worden sei, es möglich wäre, auch mir einen Wein heranzutragen?«, und zeigte auf die leeren Tische, worauf die äußerst freundliche Bedienung antwortete, dass ich mich in Geduld üben müsse, da die Bar offiziell erst in zwanzig Minuten öffnen würde und ich nur aufgrund seiner Duldung hier sitzen dürfe.

Meine ›innere Uhr‹ widersprach und ich erklärte, dass es durchaus schon Zeit wäre, den Laden zu öffnen, und wies darauf hin, ein ehrbarer Gast zu sein, ein ›PrimeGuest‹ sozusagen, und seine Antwort daher tadelnswert sei.

Die äußerst freundliche Bedienung gab mir zu verstehen, was er von meiner inneren Uhr hielt und sich lieber auf die an seinem Handgelenk verlasse und diese ihm sage, dass ich erst in zwanzig Minuten sein Gast sei. Ob ehrbar oder nicht, müsse er noch überlegen.

»Na gut.«

Ich holte Jack Kerouacs ›Desolation Angels‹ – Jacks wunderbare Geschichten von seinen Reisen durch die USA, Mexiko, Nordafrika und Europa in seiner unnachahmlichen ›On-the-Road‹-Art – aus meiner etwas in die Jahre gekommenen Umhängetasche hervor. Eine schöne Übereinkunft. Jack allein auf Reisen und ich bei ihm. Ich allein auf meinem Platz und Jack bei mir.

Eine Minute später stand ein Wein auf dem Tisch und die äußerst freundliche Bedienung nickte mir zu. Als ich nach Speis begehrte, erhielt ich zur Antwort, »dass die Küche noch nicht offen sei«.

Ich merkte an, dass die Küche mehr oder weniger ein Kühlschrank sei, ein mit zugegebenermaßen sehr leckeren Tapas gefüllter, und es dem Herrn Koch wohl nicht schwerfallen könne, diesen zu öffnen, fünf Scheiben Käse anzuschneiden und servieren zu lassen.

»Der Herr Koch bin ich und des Herrn Kochs Arbeitsbeginn ist in neunzehn Minuten«, bekamen meine Ohren zu hören, außerdem was denn ein ›PrimeGuest‹ denn schon wieder für ein Scheiß sei, den ich mir da ausgedacht hätte.

Das Wort ›Scheiß‹ nahm die äußerst freundliche Bedienung nie in den Mund, nur wenn ihn etwas wirklich ärgerte, was sich eher in einem Staunen über die Dummheiten der Welt zeigte, statt einer Wut oder gar eines Zorns.

Eine Minute später lagen sechs Scheiben Manchego-Käse auf dem Tisch.

»Na Jack, die Welt ist gar nicht so schlecht, oder?«, sprach ich zu meinem Buch, während erste weitere Gäste verwundert am Nebentisch Platz nahmen.

Ich rede gerne mit meinen Büchern und diese antworten mir. Ich sage nicht, »Ich habe von Jack Kerouac gelesen …«, sondern immer, »Jack erzählte mir neulich …«.

Seltsame Marotte, ich weiß. Aber gute Bücher sind gute Freunde, und so will ich sie auch behandeln.

***

Zwei Stunden später stellte die äußerst freundliche Bedienung zwischen den Pflanzen der Steinkübel, die den Außenbereich der Esplanada umgaben, große Gartenlaternen mit riesigen Kerzen auf.

Auf den Tischen verteilte er orangefarbene Gläser mit Teelichtern. Es war, der frühen Jahreszeit entsprechend, schnell dunkel geworden.

Die Esplanada war mittlerweile gerammelt voll.

Sah man die Straße hinunter, beleuchteten Straßenlaternen mit weichen gelben Lichtern alle zwanzig Schritte junggrüne Bäume. Viele Menschen auf den Gehwegen, kaum Autos auf den Straßen. Sehr angenehm. Geparkte Autos, gewohnt und leider natürlich geworden in unserer Welt, störten das Bild.

Es war eine friedliche Nacht, die Welt von der Hektik des Tages entledigt – auch wenn Stimmgewirr, Gläserklirren und lautes Lachen nicht enden wollten. Dazu passende und angenehme Musik im Hintergrund. In einer milden Sommernacht sind die Geräusche der Menschen versöhnlicher, weniger erdrückend als der sonst allgegenwärtige Motoren- und Maschinenlärm des Tages.

Ob Winter oder Sommer, in den Nächten sind die Düfte stets intensiver als am Tage. Für den Frühling gilt das erst recht. Und das bilde ich mir ausnahmsweise mal nicht ein. Wer darauf achtet, wird mir recht geben.

Ich saß noch lange für mich allein, reiste mit Jack durch die Welt oder beobachtete die Szenerie um mich herum. Am Nebentisch wurde bemerkt, »dass der Sommer viel schöner ist als der Winter, selbst wenn der Sommer unschön und der Winter eben schön wäre«. Herrlich tiefsinnige Gespräche, wie sie auch an anderen Tischen geführt wurden.

**

Der Abend schritt voran, und als es spürbar kühler wurde, zogen die Mädels über ihre hübschen Sommerkleider nicht so recht passende Kapuzenjacken an. Die Jungs versuchten, sich ein Frösteln nicht anmerken zu lassen, und hatten beim Losgehen in den warmen Abendstunden erst gar nicht an ihre Jacken gedacht. Die meisten Gäste waren geblieben, keiner wollte früh nach Hause.

Ich überlegte, ob ich noch einen Wein bestellen sollte. Mein Kontostand verbot es bereits seit einer Woche. Aber, dachte ich, der Mensch sollte essen und trinken, Bücher kaufen und lesen, aber nicht Geld sparen.

Denn wer spart, verschiebt sein Leben nur. Bis er tot ist.

Ich holte mein eselsohriges Notizheft und einen Stift aus meiner Umhängetasche hervor –

Greife zum Leben zu jeder Zeit,
Die Zeit greift nach deinem, schon recht bald.
Gebrauche deine Schätze. Hüte sie nicht!

– schrieb es auf und bestellte noch ein Glas.

Kapitel 3

Ein neuer herrlicher Abend kündigte sich an, den ich nutzen wollte, um alte Fotos anzuschauen, die ich in einem noch älteren Schuhkarton aufbewahrte. Mit diesem Karton unterm Arm war ich unterwegs zur Esplanada.

Unsystematisch in der Wühlkiste der Erinnerungen kramen, im ›Trüben fischen‹ sozusagen, hat manchmal den Vorteil, dass Dinge entdeckt werden, die bei geordneter Sicht vor lauter Klarheit verborgen geblieben wären. Im gespannten Entdecken, ohne Eile und Hektik, sollten bildhafte Erinnerungen zu einer Reise in die Zeit der Jugend und Kindheit einladen. Ein Foto in der Hand – welch schöner Unterschied zum massenhaften Durchblättern in endlosen Dateien auf einem Bildschirm.

Auf der Terrasse der Esplanada war eine einsame Ecke frei. Ich bestellte einen Wein, genoss einen kurzen Moment das Angekommensein und machte mich dann über den Karton her.

***

Fotos aus Kindertagen. Junge Gesichter, die in die Kamera schauen – verwundert, fröhlich, erwartungsfroh. Wer würde da nicht schmunzeln? Die Aufnahmen waren Augenblicke eines natürlich-echten Lebens. Bilder, auf denen die Unschuld bewahrt blieb, ohne je vom Fluch eines Dorian Gray bedroht zu werden. Die Bilder waren festgehaltene Momente aus dem Fluss eines sich selbst folgenden Daseins. Noch ›In-sich‹-Besonnene und keine ›Dieses-und-

Jenes‹-Bedenkenden. So sollten Kinderaugen *erst recht*, die Augen junger Heranwachsender *noch lange* in die Welt schauen. Glücklich verspielte Zeiten einer kindlichen Anarchie. Festigung, Unterricht und Anpassung werden früh genug kommen und die Kreise lebhafter Phantasie enger ziehen.

Ein Rufen auf der Straße ließ mich aufblicken. Ein hübsches Mädchen in der Blüte der Jugend machte auf sich aufmerksam. Natürlich meinte sie nicht mich – ich hätte wohl ihr Vater sein können … Nein, ein junger, fröhlich grinsender Typ rief von der anderen Straßenseite zurück. Der Halbwüchsige schritt aufrecht über die Straße, zeigte seine neu gewordene Kraft. Eher angeberisch als selbstbewusst. Das Vorlaute ist der Schutzmantel der Jugend.

Als die beiden zusammenkamen, lächelten sie scheu. Aber ein Lächeln, wie mir auffiel, das wie eine Hoffnung, ein Versprechen auf die Zukunft war, noch ohne Enttäuschungen, noch frei von bitteren Erfahrungen.

Beide gaben sich Küsschen auf die Wangen, kurz, aber mit vielsagenden Blicken. Der Wunsch nach mehr war unverkennbar. Das aufblühende Leben.

Das Zurückschauen auf die Jugend … Wie schön ist das ›Werden‹ mit dem Bewusstsein, alle Möglichkeiten *vor* und *in* sich zu haben, wenn die Seele in einem jungen und starken Körper ruht und noch nicht altphilosophischer Weisheiten gedenkt und eigentlich einer vergangenen lebendig-naiven Weltsicht nachtrauert.

Das junge Pärchen ging fröhlich weiter. Nicht wenige Zuschauer der Esplanada sahen den beiden hinterher. Ein Zurückschauen auf eigene, verblasste Jugendträumereien? Es war, als würde »*nichts über die Jugend gehen. Als sei sie die Herrin des Lebens*«. – Oscar Wilde.

***

Die Nacht brach an und die äußerst freundliche Bedienung begann wie an jeden Abend, die Kerzen aufzustellen. Eine der großen Gartenlaternen stellte er auf den Blumenkübel neben meinem Platz. Im hellen Licht der Laterne waren die Fotos wieder gut zu sehen. Interessiert sah die äußerst freundliche Bedienung sich eines an.

Wer denn dieser auf den Photographien abgebildete, *etwas einfältig aussehende Junge* sei und welcher Mensch noch ›Papierphotos‹ mit sich herumschleppe?

Tatsächlich sprach er das Wort ›Photographien‹ so aus, dass man glauben konnte, die beiden ›ph's‹ – nach alter Schreibweise – zu hören. Die äußerst freundliche Bedienung machte sich oft diesen Spaß, da er um meine Vorliebe für das Altmodische wusste.

Ich erklärte, es gehe ihn nichts an, worauf zur Antwort kam, dass bei jenem *etwas einfältig aussehenden Jungen* ihm eine gewisse Ähnlichkeit mit einem seiner Gäste auffalle. Frech zeigte er auf ein Bild von mir.

Ich erklärte, dass er sich scheren solle, wo der Pfeffer wächst, da ich den Spuren der unschuldigen Jugend folgen würde.

Ob ich damit meine, jungen Damen ungehörig nachzustarren, wie vor zwei Stunden geschehen.

Ich würde nicht ungehörig nachstarren, sondern …

Er schon verstehe, man das eigene Alter irgendwann gar nicht mehr glauben wolle, wenn Sommer für Sommer eine neue Jugend heranwachse.

Ob er mir einen Absinth bringen könne.

»Absinth? Seit wann trinkst du Absinth?«, fragte die äußerst freundliche Bedienung überrascht.

»Absinth war das Lieblingsgetränk von Oscar Wilde«, antwortete ich.

»Jaja, einzig die Schönheit und Jugend zählt«, sagte die äußerst freundliche Bedienung.

»Ich brauch eh eine Pause«, sagte er und ging los, zwei Gläschen zu holen.

***

Wir kippten unseren Absinth runter.

»Auf die Jugend!«

»Auf die Jugend!«

»Alt werden, dass ist nix.«

»Richtig.«

»Aber was ist mit der Weisheit im Alter?«

»Auch nicht besser.«

»Warum?«

»Dir hört keiner mehr zu.«

»Richtig.«

»Sonst noch was?«

»Keiner braucht dich mehr.«

»Nicht schön.«

»Richtig.«

»Richtig.«

Die äußerst freundliche Bedienung hatte danach noch zwei Stunden zu tun, bis die Plätze auf der Esplanada sich langsam leerten und er Zeit fand, sich mit zwei weiteren Absinth zu mir zu setzen. Wir betrachteten noch lange die alten Fotos – oder ›Photographien‹ – und lachten viel über die alten Erinnerungen.

Es war dunkel geworden und die meisten Teelichter auf den Tischen waren erloschen, aber die große Laterne auf dem Steinkübel neben meinem Platz schenkte uns ausreichend Licht. Auch die äußerst freundliche Bedienung war auf vielen Fotos zu sehen. Die Augenbrauen immer ein wenig hochgezogen, ein freches Lächeln im schmalen Gesicht. Schon damals dieser neunmalkluge Gesichtsausdruck.

Natürlich hatte die äußerst freundliche Bedienung eine andere Meinung darüber.

Natürlich war es nicht bei zwei Absinth geblieben.

Mit dem alten Schuhkarton unterm Arm schlenderte ich spät in der Nacht nach Hause, mit Gedanken an die jungen Gesichter, die einst verwundert, fröhlich und erwartungsfroh in die Kamera geschaut hatten, und war dankbar für das Unbeschwerte unserer Kindheit. Leben im wahren Sein, noch weit entfernt von den Tagen des Zurückschauens.

Kapitel 4

Ein ›Rouge de Montaigne‹ vor mir auf dem Tisch, ein Buch des Namensgebers jenes Weins in meinen Händen, und der Himmel strahlte in den Farben der Freiheit, Gleichheit und Brüderlichkeit. Montaigne wäre sicherlich entzückt gewesen, bereits zu seiner Zeit diese Werte in den Farben der Landesflagge seiner Grande Nation zu wissen. *Le Tricolore. Bleu, blanc, rouge.* Ein tiefblauer Himmel, weiße Wolken, die rote Abendsonne des sich neigenden Tages. Freiheit, Gleichheit, Brüderlichkeit.

Einen solchen Abend wollte ich mit der Lustbarkeit guter Dinge würdigen. Es galt, die bösen Geister unseres allzu fehlerhaften Daseins zu vertreiben, unsere verletzten Seelen zu trösten.

Natürlich gibt es dafür keinen besseren Ort als die Esplanada.

»Ein Wein stärkt das Herz, berührt die Seele, weckt den Verstand. Wer denn einen hat«, erklärte ich der äußerst freundlichen Bedienung.

Er wisse wohl, wer Verstand habe und wer nicht.

Ich bestätigte, dass auch ich dies wüsste, und er mir bitte »einen Guten Halben, *¡Un medio!*, vom französischen Rouge de Montaigne bringen möchte.«

Dies sei Spanisch, antwortete die äußerst freundliche Bedienung.

Was dieser Unsinn soll, hier den Sprachprofessor zu spielen, antwortete ich ihm.

Dass er nur weiterhelfen wollte …

Was dieses ›Weiterhelfenwollte‹ wieder für ein seltsames Wort sei und er sich doch bitte seiner Aufgabe besinnen und seinem Gast die Bestellung bringen möchte.

Sie hätten den Wein in 0,2-Liter-Gläser oder ganzen Flaschen im Angebot, was ich aber nach jahrelangem Studium der Weinkarten selber wüsste und ich mich nicht dümmer stellen solle, als ich sei.

»Einen guten Halben, bitte!«, wiederholte ich und dass ihm die Dummheiten anderer keine Sorgen bereiten sollten.

»Natürlich ... jedem die eigne Dummheit ...«

»Wie bitte?«

»Nichts.«

»Bekomme ich nun meinen Medio?«

»Also eine Flasche 0,7 Liter.«

»Meinetwegen, nenn es so. Ein guter Halber klingt aber besser, so nach einer ›guten zweiten Hälfte‹.«

»Und die andere Hälfte?«

»Müssen wir selbst sein, bereit zu einer *liaison*. Dass der Geist sich mit dem Weine verbinde und Gutes hervorbringe. Sonst wäre es ja nur Saufen.

Stärkt das Herz, berührt die Seele ...«

Er habe verstanden, warte auf das Erwachen bestimmter Geister und bestaune meine ausgereiften Französischkenntnisse, wie ich das Wort *liaison* fast fehlerfrei ausgesprochen hätte.

Eine Minute später standen ein gefülltes 0,2-Liter-Glas und eine 0,5-Liter-Wasserkaraffe – natürlich war Wein eingeschenkt – auf dem Tisch ...

»BRAVO!«, rief ich laut.

Andere Gäste sahen mich zwischen Staunen, Neugier und Ablehnung an. Vielleicht auch zwischen Ablehnung und Abscheu. Sollen sie doch.

***

24

Ist es erstaunlich, dass wir unser halbes, geteiltes, stückhaftes Wesen mit Dichtung auffüllen? Dass wir unsere Schwächen lieber unzureichend erklären und wegbegründen? Und wie unsere Erklärungen es nicht lassen können, in tiefer Überzeugung zu streiten, die halbe Wahrheit sei die ganze und der gelogene Teil sogar der wahrere – da schöner und besser als unser natürliches Wesen, welches wir allzu gerne korrigieren wollen.

Rühren wir gute Bücher, das Gute der Welt und – natürlich nicht zu vergessen! – den Wein unserer Seele ein. Alles sanft. Etwas eintröpfelnd. Mit uns vermengen lassend. Voilá! Die gute andere Hälfte.

Und die freien Plätze füllen wir mit eigenen, gütlichen Gedanken und Erinnerungen. Der Teil, der wir selbst sein müssen, auch wenn dieser nicht ohne Fehler ist. So ist es recht getan. Wer die Dinge mit Gewalt bestimmen will, den leiten falsche Absichten, der richtet die Sinne und den Sinn fehl.

Ich trank einen Schluck und lauschte den nächsten Worten, die das kleine Büchlein in meinen Händen mir zurief, »*Jedes Wissen schadet dem, der kein Wissen vom Guten hat.*« – Der große Michel de Montaigne.

***

Das Blau des Himmels wurde dunkler, ich goss vom *medio* nach. Es war eine wunderbare warme Nacht.

Leider wurden die Gespräche am rechten Nebentisch immer lauter, bis beinahe gebrüllt wurde und ich mich fragen musste, ob da Geist oder Arsch verkündeten. Das Dreiergespräch zwischen Montaigne, dem Wein und mir war nahezu unmöglich geworden.

»Ich habe den Herrn de Montaigne zu studieren. Brüderlichkeit hin, Freiheit her«, kommentierte ich deutlich.

»Jawohl! Studieren!«, rief ich noch etwas lauter, vielleicht ein wenig betrunken, hinterher.

Am Nebentisch wurden die Sachen gepackt. Man schien ohnehin gerade aufbrechen zu wollen.

»Ist es nicht der Dumme, der seine Rede mit Lautheit unterstreicht?«, war die unverschämte Frage der äußerst freundlichen Bedienung nur wenigen Minuten später.

Ich widersprach, da bereits Herr de Montaigne dem widersprochen habe und Lautheit gegenüber Dummen oft das einzige Mittel sei, um sich Gehör zu verschaffen.

Er sei nur vom Stande eines Glöckners von Notre-Dame und es stehe ihm nicht zu, Herrn de Montaigne zu widersprechen.

Dies sei richtig, und er solle deshalb nicht so lautes Gebimmel machen vor den Leuten, die an diesem Ort wichtiges Geschäft und hohes Gespräch führen.

Ich nickte den verbliebenen Herrschaften zur Linken zu. Wohlanständige Leute hätten wohl freundlich zurückgenickt, aber diese Tischgesellschaft schwieg lieber.

Ob Montaigne nicht auch geschrieben hätte, dass es keine größere Dummheit gäbe, als sich über die Dummheiten der Welt zu empören? Womöglich auch noch laut?

»Wie kommst du dazu ...«, aber bevor ich meinem Ärger hörbar Luft machen konnte, war der Kerl bereits wieder auf und davon.

Ich lehnte mich zurück, und endlich war wieder Frieden, wie er für einen solchen Abend zu wünschen ist.

***

Nachdem Studium und Gedankenaustausch beendet waren, luden die friedvolle Nacht und der gekostete Wein zur Ruhe von Körper und Geist ein. Um es mit anderen Worten zu sagen, ich war stockbesoffen und reif fürs Bett.

Ob Michel de Montaigne wirklich der Namensgeber des Weines

des heutigen Abends war, kann ich weder beweisen noch habe ich das Bedürfnis, dies zu tun. Schon so manch schöne *liaison* mag durch einen Irrtum entstanden sein. *Dieser* solle mir recht sein, er solle als wahr gelten!

Ein schwarz-dunkler Nachthimmel, als ich nach Hause ging. Und dennoch, nicht wenige Sterne leuchteten wie Mahnwachen, damit wir uns nicht der Freiheit, Gleichheit und Brüderlichkeit versündigen und sich das Gute der Welt mit dem Guten in uns verbinden möge.

Kapitel 5

»ES IST ZEIT!«, schreit Kammerdiener Lampe. Wie jeden Morgen um exact fünf Uhr, um den Herrn Kant zu wecken.

Bekannte Geschichte. Aber, frug ich mich, wer weckte den getreuen Diener Lampe zu noch früherer Stund? Das interessiert natürlich keinen. Electrische Wecker, Communicatoren, Fernseher oder dergleichen wunderlichen Apparate lagen weit außerhalb jeder vernunftbegabten Vorstellungen.

Welch verrückte Welt! Welch verstellte Zeit! So sollen doch die Tage mit dem Sonnenaufgange beginnen, mit dem Sonnenuntergange enden. Nicht so beim Kammerdiener Lampe. Der rief noch vor den Hähnen und allem Gottesgeläut dem Kant die Morgenstunde zu, jenem großen Geist und Pünktlichkeitspenetranten, dessen Nachbarn ihre Uhren zu stellen wussten, wenn dieser seinen Sieben-Uhr-Abendspaziergang begann.

***

Während der sanftmutigen, vornächtlichen Stunden eines Sommerabends konnte der gehetzte Terminmensch – für den der Feierabend nichts weiter als ein Wechsel von beruflicher Verpflichtung zur Freizeitnervosität zu sein scheint – mich gedanklich in Königsberg und in der Wirklichkeit auf der Esplanada sehen und von mir gesehen werden. Ich genoss es, die Zeit verstreichen zu lassen, ohne mich in tatendringlichen und sinnerfüllenden Anstrengungen zu versuchen.

Natürlich beachteten die Terminmenschen weder mich noch ich sie, denn diese waren auf ihre Termine und ich auf das kleine Büchlein in meinen Händen bedacht.

Die Plätze auf der Esplanada waren gut gefüllt. Stille Leser, freudig-erregte Gespräche. Natürlich überall die hektischen Blicke nach den Telefonen, um eingehende Nachrichten, die Uhrzeit oder Gott weiß was zu kontrollieren.

Gegenüber dem Rhythmus des Herzens, dem Pulstakt des Lebens taub geworden, ist diese Unruhe der ständigen Zeitprüfung, der Terminüberwachung oder sonstigen Kontrollen, dem zwanghaften Drang, sich zu versichern, wie viel Zeit vergangen ist – und wie viel noch bleibt, um den Verlust der verschwendeten Zeit wieder zurückzugewinnen – ist diese Unruhe also des Menschen Lebenstakt geworden.

Darum überlassen wir diesen Nervösen, die sich nicht mehr von einer inneren Uhr leiten lassen, sondern dem äußeren Takt der Weltmaschinerie folgen, ihrem Schicksal.

Aber wie abtun, wie ignorieren, wenn Geschwätz donnerschlägt? Noch während mein Auge der Farbe, meine Zunge dem Geschmack, die Nase dem Duft und meine Hand dem Glas des Weins zugetan waren – und ich mir sicher war, dass jene Vorfreude *a priori* und sinnliche Erfahrungen *a posteriori* im Einklang sein werden – konnte der Hörsinn, dieser so oft Unschuldige, vom Wein nicht errettet werden. Über das Gehör dringt der Unsinn der Welt ohne Gegenwehr ein und stört jedes Denken, Fühlen und wahre Erkennen.

»TATSÄCHLICH! Jetzt stell dir mal vor, da hab ich vorhin nach der Landung des Fliegers vergessen, die Uhr wieder eine Stunde zurückzustellen. Jetzt sitze ich seit fünfzig Minuten doof rum und verschenke Zeit.«

»...«

»Keine Sorge ich hab gleich bezahlt und kann sofort losmachen.«

So der Monolog am Nachbartisch. Es ist berechtigt anzunehmen, dass dieses Ereignis nicht in die Weltgeschichte eingehen wird. Ich schloss die Augen und dachte über Muße und verschenkte Zeit nach und wie wenig diese beiden miteinander zu tun haben.

Als ich die Augen wieder öffnete, sah ich mit großem Schrecken das leere Weinglas vor mir.

Es galt, jetzt keine Zeit zu verlieren.

»Lampe!«, rief ich laut die äußerst freundliche Bedienung herbei, jenen faulen Hund, der sich vermutlich seit Stunden in einem toten Blickwinkel versteckt hielt.

Ob ich vollends verrückt geworden wäre, so laut ›Schlampe‹ zu schreien.

Dass ich den Lampe und keine Schlampe verlangt habe, er doch bitte hinhören möchte, wenn ein Gast spräche.

Sprechen sei eine Form informativer Kommunikation und kein unverständliches Brüllen in einer zweifelhaften Grammatik, und wie ich überhaupt dazu käme, am hellen Tage nach einer Lampe zu schreien. Dies sei ein feines Haus und keine Irrenanstalt.

Ich wendete ein, dass ich nur einen Wein bestellen wollte, aber er mir gleich mit einer Schlampe käme. Von wegen ›feines Haus‹!

Ob ich endgültig jede Vernunft über Bord geworfen hätte.

»Wo bleibt mein Wein? Lampe!«

***

Der Wein wurde gebracht, auch kein Weltereignis, aber ein Segen. Die Zeit des Terminmenschen, der eben noch am Nebentisch mit seinem lauten Monolog zu Lasten wusste, schien während meiner Unterhaltung mit der äußerst freundlichen Bedienung abgelaufen zu sein. Überraschend schnell war er verschwunden.

So konnte dieser Ort wieder Raum geben für kantisch-strenge Überlegungen zur Findung »*des Lands des reinen Verstandes*« und dieses »*mit der Anschauung des wirklichen Seins zu durch-*

schreiten, um Wahrheit, also sichere Erkenntnis zu finden. Dem ›Land der Wahrheit‹.« Alles andere Denken ist, »*ein stürmischer Ozean, dem Sitze des Scheins, für schwärmende Seefahrer, die in Abenteuer verflechtet sind, von denen sie niemals ablassen und diese sie niemals zu Ende bringen können.*« – Der außerordentliche, ordnungsschaffende Immanuel Kant.

Und siehe, wer denn genau gelesen hat …, wie schön ist es, dass der disziplinierte und strenge Königsberger der *Phantasie* einen ozeanweiten Raum ließ mit dem Bekenntnis, wie verführerisch dieser für den suchenden Menschen trotz allen Verstandes bleiben wird, da diese Suchenden »*niemals von der Phantasie ablassen können*«.

Ja, wir Suchenden. Vernünftigen. Träumenden.

Kant, nie verheiratet, hielt kaum Kontakte zu anderen Denkern seiner Zeit, da diese sein Denken nur gestört hätten. Und dennoch lud er jeden Tag mehrere Gäste zum Mittagstisch zur kurzweiligen Runde ein, um allgemeinen Plausch zu halten – aber bloß keine Philosophie! Er war dem einfachen Menschenbedürfnis nach Geselligkeit nicht abgängig. Und auch einen halben Liter Wein zum Mittag ließ er sich gerne von seinem Kammerdiener bringen.

***

Der Abend schritt voran und die äußerst freundliche Bedienung setzte sich in einer kurzen Pause zu mir an den Tisch.

»›*Der Name Lampe muss nun völlig vergessen werden*‹, schrieb Kant in sein Tagebuch, als er seinen treuen Diener nach vierzig Jahren Dienst wegen Trunkenheit entlassen musste«, plauderte ich einfach los.

»Nicht sehr nett.« Die äußerst freundliche Bedienung streckte die Beine aus und genoss diesen wohltuenden Moment.

»Er schrieb es wohl eher aus Trauer. Kant war selbst alt geworden und brauchte jemanden, der sich um ihn kümmerte.«

»Ja, selbst die größten Geister werden im Alter müde.«

»Wie so viele – und die meisten werden vergessen sein.«

»Aber einer nicht! – Martin Lampe!«

Die äußerst freundliche Bedienung ging zur Bar, brachte zwei Gläser.

»Mein Lieber! Dich werde ich auch nie vergessen!«

»Ich dich auch nicht!«

Wir erhoben unsere Gläser.

»Auf die Treuen dieser Welt!«

»Auf die Freundschaft!«

***

Eine mondlose, tiefdunkle Nacht und die Ankündigung eines ›neuen Lichts‹, das einst im Wort ›Neumond‹ seinen Namen fand.

Ich war auf dem Weg nach Hause und fing an zu lachen.

»Lampe! Was für ein Name!«, kicherte ich weinerheitert. »Licht!«

Unschuldige Bürger liefen eilig an mir vorbei, während ich mich recht mühsam an einer Straßenbeleuchtung festhaltend am Namen Lampe erfreute.

»Du kantiger Schuft, ohne Weichheit, messerscharf, Zeitbestimmender, Welterfassender, stets Daheimgebliebener auf deinem Königs Berge! Einen treuen Freund vergessen zu wollen! Du …, du größter Bestreiter der Vernunft?«

Kapitel 6

Nach einer anstrengenden Nacht – Geburtstagsfeier eines Kollegen – hatte ich zu meinem Bedauern den ganzen Tag verpennt, und erst die Abendröte Auroras konnte mich aus den zerwühlten Decken meines Bettes locken. Ich war unterwegs Richtung Esplanada und froh, noch einen Platz an einem einsamen Tisch ergattern zu können.

Die Sonnenstrahlen verließen Mutter Erde, stiegen die Häuserwände hoch und hinterließen die ersten Schatten, während Re, der Sonnengott, hinter dem Horizont seinen Erdenumlauf unbeirrt weiter zog. Der wolkenreiche Abendhimmel erstrahlte in feurigen Rottönen. Und später, die Wolken hatten sich aufgelöst, leuchtete der leere Nachthimmel in einem wunderbaren Tiefblau, dessen lieblisches Herzstück die adlig-silberne Luna war. In den nächsten zwei Stunden glommen mehr und mehr Sterne in jenem magischen Blau auf, welches schwerer und tiefer, aber nicht trübe oder traurig, sondern einfach nur dichter und prächtiger wurde.

Und dann war die Nacht da.

Der Übergang war vollzogen, von der allgemeinen Hektik auf der Welt nicht bemerkt worden. Das Betrachten jenes Lichtwechsels vom Hellen ins Magische hin zum Unendlichen. Augen sollten es sehen, der Verstand bewundern, die Seele dadurch erfüllt werden. Deshalb wird dieses Schauspiel uns Menschen, die wir so wenig verstehen, aber doch bewundern und uns erfreuen können, aufgeführt.

Und was machen wir? Wir tratschen und latschen weiter vor uns hin und bekommen es einfach nicht mit. Zu wenig Himmlisches ist in uns geblieben. Die Vertreibung aus dem Paradies war eine innerliche. Keine räumliche.

***

Ein Schälchen Oliven, gefüllt mit Sardellencreme. Dazu ein junger Rotwein mit einem Eiswürfel.

Wie bereits Geheimrat Goethe und Seigneur de Montaigne trank ich den Wein gerne leicht gekühlt und verdünnt. Eine Vorliebe, der ich besonders an warmen Sommerabenden beim ersten Wein nachgebe und zu der die äußerte freundliche Bedienung eine eigene Meinung hatte.

Der Wein mit dem Eiswürfel wurde ohne das sonstige Gezeter gebracht. Nur ein leichtes, ironisches Heben der Augenbrauen konnte sich mein alter Freund sich nicht sparen.

Mehr als Worte.

»Mein Gott! Es ist Sommer!«, kommentierte ich den Blick der äußerst freundlichen Bedienung.

Er habe nur höflich serviert.

Ich habe nur festgestellt, dass es Sommer sei.

Natürlich, er sei ja nicht taub, habe aber den für einen nichtstumpfsinnigen Menschen hörbaren negativen Tonfall meiner Feststellung vernommen.

Ob er neuerdings Experte für Tonfälle sei … usw. usf.

Also doch Gezeter.

***

Wahrhaftig! Der Gehweg vor der Esplanada wird im Sommer am frühen Abend von allerlei Flaneuren, Eiligen, Einsamen, kleinen Gruppen, Radfahrern, Hunden, Kinderwagen und Musikern belebt.

Stimmengewirr in allen Sprachen. Das Aufklingen und Klirren der Wein-, Bier- und Cocktailgläser. Und das beinahe die gesamte Straße – es gibt noch vier weitere Bars – rauf und runter. Gott sei Dank nur wenig Autoverkehr.

Die Bars und Cafés füllten sich mit Pärchen, entweder in stiller Unterhaltung oder ganz schweigend, besten Freundinnen in leisen Zweiergesprächen, Männerrunden mit lautem Heldengebrüll und einer weiteren, leider aussterbende Gruppe, die der Sonderlinge.

Die Außenbeleuchtung der Esplanada ist in gedämmten, warmen Farben gehalten. Ein schönes Licht, jedoch ungünstig für den, der ein Buch lesen will, wenn nicht unmittelbar eine große Kerze neben dem Leser aufgestellt wird.

Leider saß ich für diesen Abend an einem ungünstigen Platz. Ich gab eine groteske Figur ab. Gebückt über das Buch, das ich in Richtung Heiligenschein einer kleinen Kerze gekippt hielt, auf dem Tisch mein Rotwein, in dem ein Eiswürfel schwamm. Eindeutig Sonderling.

»Welcher Mensch liest stundenlang nonstop in so einer Haltung?«, fragte mich die äußerst freundliche Bedienung, als er mir ein neues Glas hinstellte.

Seit wann er Haltungsnoten vergäbe?

Ich streckte mich und spürte Haltungsschmerzen, die mir vorher nicht bewusst waren. Das körperlich spürbare Dasein, dem ich eine Weile beim Lesen entflohen war, kam auf unangenehme Weise zurück.

»Schönen Dank auch!«, rief ich der äußerst freundlichen Bedienung, diesem Schuft, hinterher und sah zu, wieder Kontakt zu meinem Buch aufzunehmen.

Die äußerst freundliche Bedienung schritt wie immer, gerade und galant, sich des Körperlichen gegenwärtig, zu den anderen Gästen und nahm deren Bestellungen auf.

Kurze Zeit später brachte er eine mittelgroße Kerze und stellte diese auf meinen Tisch. Mein Buch wurde nun deutlich heller beleuchtet. Ich richtete mich auf, was eine Wohltat für meinen Rücken war.

***

Als später ein besserer Platz frei wurde, war ich gleich umgezogen und hatte es mir im Schneidersitz gemütlich gemacht. Es verging eine gute Stunde, als ein alter Bekannter vorbeikam, vor meinen Tisch stehen blieb und mich ansah.

»Na, alter Kumpel.«

Der Kater sah mich mit einem verständnislosen Ausdruck an.

»Kumpel?«, »Alter?«, »Na?«. »Was soll der Scheiß?«, »Lass mich auf *meinen* Platz.« Wenn die Sphinxaugen einer Katze oder eines Katers dich anstarren…

Ich stand auf, und im ersten Moment hatte ich keine Kontrolle über meine Beine. Nach langer Zeit im Schneidersitz stand ich da wie auf Gummistelzen mit tönernen Füßen und ruderte wild mit den Armen, um das Gleichgewicht wieder herzustellen, als sei ich vollkommen besoffen, was nach fünf bis sechs Gläschen ja wohl kaum sein konnte.

Etwas schwerfällig, aber nicht ohne einen letzten Rest Eleganz, sprang der alte Kater auf den freien Platz neben mir, fläzte sich gemütlich nieder und sah mich an. Dass er auf meiner für die kühlen Nachtstunden mitgebrachten Jacke lag, interessierte ihn nicht. Ich plumpste zurück auf meinen Platz, was mit einem missbilligenden Sphinxblick kommentiert wurde.

»Na gut.«

So saßen wir beieinander. Der Kater auf meiner Jacke, ich daneben und beide teilten wir uns eine jener Zweierbänke, die an der Außenwand des Gebäudes festgeschraubt waren. Vor uns das Tischchen, gedeckt mit Buch, Oliven und Rotwein.

Vorbeigehende auf dem Gehweg und andere Gäste der Esplanada sahen entzückt zu uns rüber. Was für ein süßes Bild!

»Verdammter fetter Kater«, sagte ich laut.

Vorbeigehende auf dem Gehweg und andere Gäste der Esplanada sahen mich argwöhnisch, beinahe böse an. Was für ein blöder Kerl!

Auch der verdammte fette Kater sah mich böse an. Dann fiel sein Blick auf meine mit Sardellencreme gefüllten Oliven. Wie immer. Ich nahm eine, sog die Sardellencreme raus, lutschte etwas daran rum und legte das Stückchen auf meine Jacke dem Kater hin.

Monsieur Filou schnupperte daran und aß. Königlich, selbstverständlich ohne ein Zeichen der Zufriedenheit. Erst sein Schmatzen bezeugte eine gewisse verhaltende Akzeptanz. Mehr wurde von diesem alten Kater als Akt der Dankbarkeit nie geäußert noch wird er es je tun. Ich saugte die nächste Olive aus, lutschte den Inhalt und gab ihm das Stück Sardellencreme. Wieder ein Schnuppern, wieder ein Schmatzen. Die leer gelutschten Oliven steckte ich mir in den Mund und kaute.

Verwundert sahen mich die Vorbeigehenden und andere Gäste der Esplanada an. Was für ein komischer Katzen-Onkel!

»Der verdammte Kater mag nur den Fisch. Ohne die Olive und den Saft, in dem die Oliven eingelegt wurden«, erklärte ich mein Saug- und Lutschverhalten.

»Ist das deine Katze?«

»Nein.«

»Ach so …«

»Ja …«

Ich aß die Oliven. Der alte Kater den Fisch.

Ich trank Wein. Filou leckte sein Fell.

Es gibt schlimmere Abende als diesen.

***

Der Kater war längst verschwunden wie die meisten Gäste, als ich um Mitternacht losging. Mit Gummibeinen und rudernden Armen, einer Jacke voller Katzenhaare, versuchte ich, als nicht allzu auffälliger Sonderling durch die Straßen nach Hause zu gelangen.

Die Sterne waren Zeugen, dass dies nur leidlich gelang.

Kapitel 7

»Man tupfe mit einem Pinsel abendliche Sonnenröte auf die Unterkanten weißer flacher Steine, die auf eine blaue Leinwand als Wolken am Himmel dekoriert wurden. Welch schöner Effekt muss das gewesen sein? Plastisch. Real. Noch nicht surreal.«

– Diesen Worten der äußerst freundlichen Bedienung und dem beschriebenen plastischen Bild nachsinnend, lief ich Richtung Esplanada.

Das warme Regenwetter hatte sich tagsüber hartnäckig gehalten, und erst am späten Nachmittag konnte die grau-schwarze Wolkendecke besiegt werden. Als dann die Sonne endgültig durchbrach, war die Natur ein lichtexplodierendes Glitzern in einer regenverperlten Welt.

Ich war – oh Wunder! – nicht der einzige mit der Idee, den angenehmen frisch-kühlen Abend zur Erfrischung von Körper und Geist zu nutzen, nachdem der ganze Tag klebrig, schwül und drückend war. Nicht wenige saßen bereits an den Tischen, als ich die Esplanada erreichte.

Einer der besseren Plätze war erstaunlicherweise verwaist. Ich legte meine alte Tasche auf einen Stuhl mit der Bitte an den Nachbartisch, auf meinen Reichtum aufzupassen, um kurz in den WC-Räumen zu verschwinden.

Als ich zurückkam, warteten ein Gläschen Wein und ein Tellerchen mit etwas Käse und ein paar Oliven als Begrüßungsgeschenk auf mich. Ich hatte die äußerst freundliche Bedienung bis dato noch gar nicht gesehen. Nicht schlecht, alter Junge, dachte ich anerkennend.

Dankend fürs Freihalten nickte ich dem Nachbartisch zu, setzte mich, streckte die Beine aus und lehnte mich wohlig zurück.

Es war die Zeit der nie enden wollenden Tage, nicht mehr lange und wir haben die Sommersonnenwende. Die Sonne würde noch mindestens zwei, drei Stunden scheinen. Und erst dann, an einem kaum dunkel werdenden Nachthimmel, wird Lunas geheimnisvolles Silber neue traumbehangene Farben hervorzulocken wissen.

***

»Mit sechs wollte er Köchin, mit sieben Napoleon werden. Aber dann wusste er endlich, wer er wirklich war. Das größte Genie seiner Zeit, sonst nichts weiter, sonst nichts weniger, eben einfach nur er selbst!« Die äußerst freundliche Bedienung saß wie gewohnt für eine kurze Pause an meinem Tisch und sprach, ganz nach seiner Natur, in Rätseln.

»Welches Genie will denn erst Köchin und dann Napoleon sein?«

»Nur dem achtjährigen Salvador konnte es einfallen, dass es nichts Größeres geben kann, als Dalí zu sein!«

Ich kannte die Leidenschaft meines Freundes für die Malerei. Er ging schon immer gerne in Museen und zu Ausstellungen. Das Plastische, das Konkrete. Im Gegensatz zu meiner Welt der Geschichten. Früh hatte sich dieser Unterschied zwischen uns gezeigt. Besonders über Dalí wusste er Geschichten und Anekdoten zu erzählen. Jeder Versuch, mich für die Malerei zu begeistern, scheiterte, und ich musste zugeben, nie ein Auge für Farben und Formen besessen zu haben und ein richtiger Blindgänger auf diesem Gebiet zu sein.

»*Du* ... ein Blindgänger? Ach nee.«

Bevor ich auf das dreiste Staunen im Gesicht der äußerst freundlichen Bedienung antworten konnte, sprach er weiter.

»Und wie blind sind erst unsere Augen, wenn selbst Dalí lebenslang den Stöpsel einer Kristallkaraffe benutzte, um durch diesen die Welt wie mit einem Prismenglas zu betrachten. Verzerrt, verkehrt, absurd, surreal.«

»Ja, der Typ war ein echter Spinner«, kommentierte ich lapidar.

»*Gut*, dass an deinem Tisch stets ein hochvernünftiges Normalverhalten mit gesundem Menschenverstand zu beobachten ist.« Mit diesen Worten erhob sich die äußerst freundliche Bedienung flink und schnell, da die Esplanada mittlerweile brechend voll war.

Das Tageslicht ging in die Abenddämmerung über, und schon bald traten die Farben der Nacht, Schatten und Schemen sowie flackernde Kerzen und sanfte Lichter hervor.

***

Unauffällig und verschwörerisch hielt ich das fast leere Weinglas vor mein linkes Auge und blickte, nach Surrealem suchend, hindurch Richtung Himmel. Hin und wieder schwenkte ich das Glas ein wenig und der letzte Rest vom Rotwein lief in roten Schlieren im Inneren des Gefäßes hinunter. Die Welt verfloss vor meinem Auge wie die Uhren Dalís in magischen Farben und Formen.

»Wäre eine Brille nicht hilfreicher?«

Ich sah das blutverschmierte Gesicht der äußerst freundlichen Bedienung direkt vor mir.

»Mein Gott!«, erschrak ich und sah ihn über den Rand des Glases an.

Auch Kontaktlinsen sollen sich bei Sehschwäche als sehr nützlich erwiesen haben.

Was ihm einfiele, durch mein Weinglas zu glotzen.

Dass er Sorge trage, ob es mir gut gehe, da ich mit sehr fragwürdigen Grimassen durch Weingläser glotzen würde.

Ich würde den Geheimnissen der Farben und Formen nachgehen

und er möchte doch lieber Wein statt Sorgen tragen.

Der Wein käme sofort, er aber zuvor wissen möchte, ob ich weiterhin durch das Weinglas glotzen wolle oder er das leere Glas mitnehmen dürfe.

Wer denn mit den Dalí-Spinnereien angefangen hätte und ob er nicht selbst hindurchschauen wolle?

Er habe zu arbeiten und keine Zeit, den Hans-Guck-in-die-Luft zu spielen.

Von welchem Hans jetzt wieder die Rede sei und er möge sich doch bitte besinnen und …

Einmal mehr war die äußerst freundliche Bedienung rasch entschwunden, aber schien sich tatsächlich besonnen zu haben, denn er brachte mir ein neues Glas. Ich rief ihm ein »salud!« zu, kostete einen Schluck – natürlich hatte ich einen spanischen Wein bestellt – und durfte mich den Rest des Abends wieder friedlich der Kunst der Farben und Formen widmen, ohne angepöbelt zu werden.

Geschmackvoll wie eh und je dekorierte die äußerst freundliche Bedienung die Esplanada mit warm-weichen Kerzenlichtern und verlieh diesem Ort ein wunderbares Ambiente. Es wurde Nacht und die Himmelskörper erschienen als silbern-funkelnde Kleckse am Himmel.

Ich holte mein eselsohriges Notizheft hervor.

Ihr Gestirne am Nachthimmel, gewaltige glühende Steine, welcher Meister hat euch leuchtenden Punkte in das Dunkle gesetzt?

***

Auf dem Nachhauseweg dachte ich noch einmal an das Bild, von dem mir die äußerst freundliche Bedienung erzählt hatte. Jenem mit den weißen Steinwolken, die mit abendlicher Sonnenröte betupft wurden.

»Es war ein Werk des noch kindlichen Salvador. Leider gibt es dieses Gemälde nicht mehr. Die Steine fielen nach und nach von der Leinwand«, wie die äußerst freundliche Bedienung erzählte. »Vielleicht hieß es, ›Abenddämmerung mit Wolken‹? Das weiß keiner mehr. Es hing laut Überlieferung im Esszimmer der Familie Dalí.«

Zu Hause legte ich mich gleich schlafen, schloss die Augen und horchte unwillkürlich in die Stille hinein. Denn eine weitere Geschichte fiel mir ein, von der die äußerst freundliche Bedienung mir erzählt hatte.

»Wenn mitten in der Nacht im Hause Dalís ein beunruhigendes, krachendes Geräusch zu hören war, versicherte der Vater der erschrockenen Mutter, ›Mach dir keine Sorgen. Es ist nur wieder ein Stein vom Himmel unseres Sohnes gefallen‹.«

Kapitel 8

Wenn die Augen geschlossen sind und ein Bild auftaucht ...

Ein Schälchen Oliven, eingelegt in Knoblauchöl und mit frisch gehackter Petersilie, ein Glas Rotwein, eine Kerze, ein Büchlein, dessen Titel nicht zu erkennen ist. Ein schlichtes Bild, so wie es sein muss. Mehr zu wünschen wäre, Reichtum zu verkennen.

Ich öffnete die Augen und sah dieses Bild vor mir. Ein Panorama stillgelegter Zeit. Dem *Moment*, diesem sonst flüchtigen Gesellen, wurde ein Ort gegeben, er wurde in der Zeit festgehalten.

»Nie war ich reicher, als zu dieser Abendstund' bei feinem Speis, Brot und Wein«, summte ich beinahe laut vor mich hin.   Blöd und selig – warum nicht?!

Es war ein wunderbarer Sommertag, besonders nach den vergangenen Regentagen tat die trockene und klare Luft gut.

Ich probierte einen mir unbekannten Wein – er war wunderbar – pickte eine Olive mit einem Holzstäbchen auf, traf die Olive nicht richtig, führte sie trotzdem zum Mund – »Wenn das mal gut geht!« – und schon plumpste sie auf die frisch gewaschene Hose, hinterließ dort einen Fettfleck und rollte über den Gehweg.

»Scheiße!«

Welch Ungeschicklichkeiten und unerzogene Worte mal wieder an meinem Tisch zu vernehmen wären.

Die äußerst freundliche Bedienung ... der jetzt auch noch! Immer da, wenn man ihn nicht braucht.

Ich erklärte, dass hier kein Ungeschick walte und wenn, dann nur aufgrund des schrecklichen Weins, der mir heute gebracht wurde.

Es sei jener Wein, den ich am häufigsten zu saufen beliebe, nämlich der erste auf der Karte, also der günstigste.

»Wie meinen?«

Ich würde dazu auch noch laut vor mich hin summen und Liedchen über Reichtum trällern, überhörte die äußerst freundliche Bedienung meine Frage.

Ich protestierte laut ob dieser Frechheiten, es wandere schließlich das Geld aus meiner Börse in die seine und er solle nicht über Ungeschicklichkeiten oder unerzogener Worte bekümmert sein, die ihn nichts angingen.

Dies sei im Prinzip richtig, er bäte jedoch der Hausordnung wegen, hier nicht den ›lauten Max‹ zu machen. Börse hin, Börse her.

Von welchem Max er spreche und er müsse mich offenbar verwechseln, da ich nicht Max sei.

Er wisse wohl, dass ich nicht Max sei, und sehe ein, dass eine simple Metapher mir, dem Herrn Nicht-Max, wohl zu kompliziert sei und er für seinen Fehler um Entschuldung bitte.

»Na also!«

Die äußerst freundliche Bedienung brachte mir eine feuchte Serviette mit einem Klecks Spülmittel, »das beste Mittel gegen Fettflecke«, und wandte sich dann in seiner stillen und ruhigen Art den andere Gästen zu. Immer da, wenn man ihn braucht.

Meine Aufmerksamkeit galt wieder dem friedlichen Bild des Tischs, der, zwar schlicht gedeckt, dennoch mein ganzer Reichtum war. Ich hatte noch ein Glas vom wunderbaren Wein bestellt. Ein paar Meter weiter waren Straßenmusiker zu hören.

***

Es war die Melodie eines fröhlichen Stücks, das nicht zum Bild der

Musiker passen wollte. Das gleiche Lied, das eben noch vor dem Straßencafé ein paar Meter weiter zu hören war, wurde von einer osteuropäischen Truppe leb- und hoffnungslos vorgetragen. Den Musikern war die Leere geflüchteter und verschleppter Menschen anzusehen, die ihr eigenes Leben in der Heimat zurückgelassen hatten für das Versprechen einer besseren Zukunft. Sie hielten ihre abgenutzten, schmutzigen Pappbecher gegen unsere teuren Weingläser und baten um Kleingeld, um einen Bruchteil einer reichen Welt, das ihrem eigenen zerbrochenen Leben zum Durchhalten helfen sollte. Nachdem sie fertig waren, zogen sie weiter und spielten das gleiche Stück vor der nächsten Bar, wieder nur ein paar Meter die Straße hinauf. Die gleiche fröhliche Musik zum traurigen Bild der Musiker.

Schnell und mühelos waren die Gäste in angeregte Gespräche und gegenseitiges Zuprosten zurückgekehrt. Kein Gast hatte etwas in den Pappbecher gegeben. Ich auch nicht. Selbsternannte Genügsamkeit und schlichter Reichtum können gewaltig stinken.

***

Die Nacht war klar und herrlich, aber kühl. Die Tische der Esplanada waren verlassen und leer geräumt, die meisten Gäste nach Hause gegangen. Nur wenige waren in die Innenräume der Bar gegangen. Wieder diese kalten Rauchschwaden, wieder war das Licht eher hilflos als wärmend. Die meisten Kerzen waren bereits erloschen. Wie so oft in späten, kalten Nachtstunden war nur wenig vom heiteren, ausgelassenen Sommerabend geblieben. Statt Musik knisterte es aus den Boxen, als wäre eine Tonnadel in der Endlosschleife am Ende einer alten Schallplatte angekommen, und niemand machte sich die Mühe, den Plattenarm in seine Halterung zurückzulegen oder eine neue Platte aufzulegen.

Ein Gast, der einsam im Halbdunkel an einem Tisch in der Ecke saß, hätte gut und gerne das Schattenbild des einsamen Hank Bukowskis sein können. Der große alte Säufer, allein, an einem für eine Person zu großen Tisch, mit einem halb vollen Weißwein, direkt aus einer seiner ›Dirty Short Storys‹ entsprungen.

Ich saß am Tresen, direkt neben dem Spülbecken. Eigentlich kein guter Platz und doch den ewigen Stammgästen jeder Bar vorbehalten. Die äußerst freundliche Bedienung spülte Gläser, das einzige Geräusch, das zu hören war bis auf das Knistern aus den Boxen.

Als ein junger Mann eintrat, erkannte ich in ihm einen der Straßenmusiker. Er ging an uns vorbei und nahm unsicher blickend auf einem der Hocker am anderen Ende des Tresens Platz. Die äußerst freundliche Bedienung stellte ihm wortlos, nur mit einem Nicken, ein Glas Wein und einen Schnaps hin und ging wieder zum Spülbecken. Der Musiker nickte ihm kaum merklich, aber dankbar hinterher.

»Das geht aufs Haus«, sagte er zu mir. »Der tut mir wirklich leid. Hab ihm mal einen Schnaps eingegossen, als er bei einer Arschkälte im Winter hier rein kam, um sich aufzuwärmen.«

Ich nickte.

»Dann habe ich noch einen Rotwein spendiert, bevor er wieder losging.«

»…«

»Arme Schweine. Kommen aus dem Nichts und finden wieder nur nichts.«

»…«

»Das mitten im Überfluss.«

***

Wir waren nur noch zu dritt, als ich bezahlte. Bukowski war kurz zuvor los. Er hatte das Geld nach alter Manier auf den Tisch liegenlassen. Der Musiker, vier, fünf Hocker weiter, nippte nur langsam an seinem Wein, seinem Reichtum. Ich überlegte, ihm einen auszugeben. Aber um Almosen hatte er den ganzen Tag gebettelt. Jetzt wurden ihm wie einem alten Bekannten oder Freund Wein und Schnaps hingestellt. Ohne Aufsehen, ohne jede gönnerhafte Geste. Das machte die äußerst freundliche Bedienung in stiller Art. Ein einfaches »Hier, dieser Bruchteil gehört dir«.

Ich ging los. Heute Nacht kein Wetter. Es war einfach nur kalt geworden. Sonst nichts.

Kapitel 9

Es war ein buntes Treiben auf dem Gehweg.

Nahezu alle Tische waren besetzt, der verdammte alte Kater saß auf meiner frisch gewaschenen Jacke, ein Wein, leicht gekühlt, leider fast leer, stand auf dem Tisch. Kurz und gut, alles in allem ein hübscher und wieder sehr warmer Sommerabend.

An den anderen Tischen lautes Stimmengewirr. Hohes und weniger hohes Gespräch wurde geführt. Es waren nicht die Akademien des Sokrates oder Platon versammelt, aber wer weiß, was bei diesen Zusammenkünften an Unsinn fabuliert wurde, nachdem jene Geister auf der Suche nach Sinn und Werdung der Menschheit zusammentraten. Und wie hätte diese Suche, ja, dieses Beflügeln, nicht besser gelingen können, als mit einem guten Wein, um dem Ernsten etwas Spielerisches, dem Denkbaren etwas Schöpferisches hinzuzufügen, um sich der täglichen, gemeinen Ärgerlichkeiten, die zu allen Zeiten, an allen Orten nie fehlten, zu entledigen?

Apropos Ärgerlichkeiten. Die äußerst freundliche Bedienung – beinahe von einem Fußgänger umgerannt, da er, die äußerst freundliche Bedienung, nutzlos auf dem Gehweg rumstand – wurde von einer Gruppe schwatzender hübscher Damen von der Arbeit abgelenkt. Meine Person wurde derweil völlig ignoriert. Wie ein Trottel versuchte ich diesen Trottel an meinen Tisch zu winken. Hoffnungslos. Hatte ich denn nicht auch meinen Geist zu beflügeln? Dieser Schuft! Mein Wein war nun geleert, ich war also nicht wunschlos glücklich, und er stand mit Aphrodite, Venus und mit ihren Freundinnen beisammen.

***

»Wie herrlich wäre es doch, vor den Toren Athens, auf dem Hain des Akademos, den Lehren der Vernunft des Sokrates aus dem Munde des Platon zu lauschen«, erhellte ich die äußerst freundliche Bedienung, nach dem er endlich zur Besinnung gekommen und von seiner Nymphengrotte zum hohen Olymp, also an meinen Tisch, hinaufgestiegen war.

»Nur haben seine Schüler nicht gelauscht, sondern wurden durch Fragen belehrt ...«, antwortete die äußerst freundliche Bedienung.

Wo denn der Wein bliebe?, wäre da gleich meine Frage.

... und diese Fragen wären, ließ sich die äußerst freundliche Bedienung nicht unterbrechen, ... wären eben Anregungen zum eigenen Denken gewesen, da diese alten Weisen keine Verkünder oder Redenschwinger waren, sondern daran glaubten, dass jeder Mensch nur durch eigene Vernunft, durch eigenes Erfassen zum Wissen gelangen und damit zu einem guten Mensch werden könne. Zumindest dürfe dies vom Sokrates gesagt werden.

Dass *ich* zu einem guten Wein nur durch *seine* Vernunft gelangen könne und ob denn noch Hoffnung bestünde, dass jene Vernunft endlich einsetze und er sich bald auf den Weg zur Bar aufmachen würde – es wäre ja nicht die Strecke von Marathon nach Athen.

Dass die Hoffnung auf Vernunft bei manchen Personen schon ein arges Ding sei.

Es mit der Hoffnung bei mir gut aufgenommen sei, da ich mit der Stimme der Vernunft gerne und häufig Reden hielte, wie wohl bekannt sein dürfte.

Dass diese Reden der Vernunft an sehr unbekannten Orten gehalten werden müssen, da es für jene anscheinend nur wenige Zeugen gäbe. Er jedoch auf dem gut gefüllten Marktplatz, hier vor der heimischen Bar, des Öfteren Zeuge vielerlei unbestreitbarer Unsinnigkeiten und Idiotien meiner Reden gewesen sei.

Es durchaus Zeugen meiner guten Reden gäbe.

Ja, Katzen, Trunkenbolde und anderen Tunichtgute.

Er möge meine Bücher nicht vergessen und auch den Wein nicht, welcher mir zur Vertreibung des Trübsinns und der Gemeinheit in dieser Welt verhelfe. Ärgerlichen Dingen, die übrigens an jenem genannten Marktplatze recht häufig vom dort anwesenden Personal verbreitet werden.

»Richtig! Deine Bücher und Weine quatschst du ja auch ständig voll!«, beendete mein alter Freund unser Wortscharmützel.

»WAS?« Ich wollte mich entrüsten, aber die äußerst freundliche Bedienung war bereits wieder fort.

***

Eine Schar junger Männer mit gebräunter Haut, gesunden und kräftigen Körpern – es waren übrigens auch Frauen in den Akademien zugelassen, also sollen auch diese mit gutem Recht dabei sein – also, sie alle saßen um ihren großen Lehrer versammelt und hörten ihm zu.

Ja, wie mögen sie gestritten haben, diese nach Vollkommenheit dürstenden Jünglinge? Angespornt von der Herrlichkeit, welche die letzte Erkenntnis aller Dinge mit sich bringen würde? Jene Griechen des Altertums, welche die Schönheit des Körpers verehrten und dennoch den Geist nicht vergaßen. Was von unserem Zeitalter schwer zu behaupten ist.

So lehrte Sokrates, die Tugend und das Wissen, sie seien höher als der Körper und es gelte, für die Seele ebenso zu sorgen wie für das Fleisch.

Unfassbar! Hungriges Denken ist höher als der volle Magen?

Welch anderes Tier hat sich je erlaubt, dies zu denken und zu lehren, als der Mensch?

Die Philosophie ward geboren. Der Mensch überdachte sich, da er Bewusstsein erlangt hatte, und nach seiner Erkenntnis »Ich bin«, auch fragen musste »Warum?«.

Ungeachtet, ob zu seiner Erhöhung oder Erniedrigung.

Die Frage war in die Welt – oder besser – ins Hirn des Menschen geboren. Von hier an war eine Grenze überschritten, und ein Zurückschreiten lässt sich kaum von einem vernünftigen Verstand denken, auch wenn gewiss eine paradiesisch-kindliche Vorstellung, eine *Ur*-Sehnsucht dem Bewusstseinerlangten immer geblieben ist, zurückzukehren in glückliche Einfachheit, befreit von einem gedankenschweren Leben.

Aber nun zurück. Da sehen wir die Schar der Jünglinge – die Frauen und Mädchen wollen wir weiterhin mit gutem Recht dabei sein lassen – staunend über die Worte, gesprochen auf einer Wiese, lyrischer als Hain zu benennen, den dessen Besitzer Akademos dem Platon, Schüler und Überlieferer von Sokrates, zur Verfügung stellte.

Nach ihm, dem Akademos, sollen von nun an alle hohen Schulen benannt werden.

***

Als im Jahre 529 die Athener Akademien vom Kaiser Justinian dem Ersten – welch ungerechter Name! – nach eintausend Jahren ihres Bestehens verboten wurden, war längst eine andere Zeit in Europa angebrochen. Klöster wurden gründet, um in gedankentiefer Andacht und Buße für Vergebung und Gottes Liebe zu beten. Enthaltsamkeit und unerschütterlicher Glauben sollten den unruhigen Geist und Körper zur Ruhe bringen, den Durst nach Wissen stillen. Ja, das dunkle Mittelalter, welches dem sonnigen Altertum folgte.

Aber was geschah zu den Zeiten der Akademien Athens? Wie erging es jenem unruhigen Suchenden, dem Sokrates, bei seiner Forderung, Wissen sei zu erlangen, sei zu erfassen, da dieses Wissen den guten Willen erzeuge?

Zum Tode durch den Schierlingsbecher verurteilt, verließ einer der größten Helden des menschlichen Denkens unsere Welt in einer Zeit der höchsten europäischen Philosophie.

Man kann nur wiederholen, an Gemeinheiten und anderen Ärgerlichkeiten fehlte es zu allen Zeiten, an allen Orten wahrlich nie!

***

Der Wind wehte die Hitze des Tages fort. Kein kalter, eher ein angenehm warmer und sachter Windhauch, der das Festgeglaubte der Dinge sanft wegstieß und neue Gedanken und Ideen beschwingt höher trug.

Wenn der Dämon sich regt, dir zuflüstert, als innere Stimme deinen Geist in Unruhe versetzt … dann halte es wie Sokrates, der seinem ›Daimonion‹ – auch als ›Gewissen‹ übersetzbar – zuhörte und seine Handlungen danach ausrichtete, auf dass die Seele unbeschadet durch diese Welt wandere.

Das Leben ist eine Prüfung und die Seele sollte unbeschadet bleiben. Denn sie ist unsterblich. Sokrates wusste dies, als er in den Tod durch den Schierlingsbecher ging.

Kapitel 10

Gott sei Dank gibt es angenehme, wenig aufdringliche Menschen, die es schaffen, Platz zu nehmen, wie man es von einem zurechnungsfähigen Menschen erwarten kann, und die nicht bereits auf dem Weg zu ihrem Sitzplatz wie ein Nilpferd an jeden Tisch stoßen, um dann in unfassbarer Fremdschämerei eine Clownsnummer beim Stühlezurechtrücken und Hinplumpsen abzuziehen. Danach und abschließend der unvermeidliche dumm-debile Gesichtsausdruck, »So! Ich sitze, also bin ich!« Der Typ ›Alltagstrottel‹, mit jenem Talent ausgestattet, wirklich alles falsch zu machen, ohne es selbst je zu bemerken.

Nein. Es gibt auch andere Menschen. Sie fragen kurz und höflich, ob »der Platz frei sei«. »Ja, bitteschön«, »vielen Dank«, sich dann setzen, ihren Wein bestellen und anfangen, gemütlich eine Zeitung oder ein Buch zu lesen.

Einer von ihnen ist ein älterer Nachbar von mir, der nur wenige Meter von der Esplanada entfernt wohnt. Und da er es nicht weit von zu Hause hat, kommt er manchmal in seinen Hauspantoffeln angeschlurft, setzt sich, trinkt seinen Wein, pickt nach und nach die Oliven aus seinem Schälchen, und erst wenn alle Oliven aufgegessen sind, schaut er halb in Gedanken versunken, jedoch nicht unaufmerksam dem Geschehen der Straße nach. Und lacht. Kein dummes, lautes Lachen. Nein, ein stillvergnügtes. Ein wirklich liebenswürdiger Tischnachbar und in einem Alter angekommen, wo ein vernünftiger Mensch wie er eine bequeme weite Stoffhose trägt, von Hosenträgern gehalten statt eines beengenden Gürtels. An be-

sonders heißen Tagen schiebt er seine Füße ein wenig aus den Pantoffeln und tritt auf den kühlen Gehwegplatten im Schatten der Tische auf. Es ist selten, dass wir am selben Tisch sitzen, aber wenn,
kommen wir immer kurz ins Gespräch.

»Es ist unnötig, diese Welt mit Ideen und Visionen aufzuschre-
cken. Die Menschen sollten besser im Frieden ihr Dasein feiern.«

»Da stimme ich Ihnen gerne zu.«

Meist waren diese ›Gespräche‹ damit wieder beendet. Er raunte
einen Satz, ich bestätigte.

Welch ein Frieden auf der Erde sein könnte! Der Anfang wäre
mit Ruhe und Freundlichkeit zwischen Nachbarn getan. Nie war ein
Gespräch mit dem älteren Nachbarn erschöpfend oder ener-
gieraubend. Er war selbst viel zu müde, um sich mit verbalem Unsinn aufzuhalten. Der Unsinn in der Welt reichte ihm völlig.

***

Es war spät geworden und der Alte war gegangen.

Wir hatten uns freundlich und herzlich verabschiedet und betont,
dass das stille Nebeneinandersitzen eine wahre Freude sei. Ganz zu
schweigen vom Wein, der seine wahre Kraft nicht im Geplapper,
sondern in stillen Gedanken entfaltet.

Ich zückte mein Notizheft.

Wenn du in Mengen trinkst – trink allein.
Denn dann wirst du göttlich.
Trinkst du in Mengen vor Publikum –
Machst du dich zum Affen.

Wie mein Selbststudium ›Der Affe in mir‹ denn so vorankäme und
was ich denn da in mein Notizheft kritzeln würde.

– Natürlich die äußerst freundliche Bedienung.

Wieso kritzeln?

Dass dieses Geschmiere ja wohl kaum als Schrift durchgehen könne und große Ähnlichkeit mit den Zeichnungen seiner dreijährigen Nichte hätte und diese ›Entstellung einer Aufzeichnung‹ eine schlimme Degenerierung der frühen Höhlenmalerei jener bemerkenswerten ersten Menschen sei, die mit einem Stück Kohle das Geschenk, Geschichten zu erzählen, in die Welt gebracht haben.

Ich hier, an diesem Tisch, in der Abgeschlossenheit meiner Gedanken, im Stillen emporzustreben gedenke und er mir einen Wein bringen möge. Publikum – und ein schwatzendes gar – sei für mein Vorhaben nicht notwendig.

Ich bekam meinen Wein prompt hingestellt, lehnte mich zurück, atmete die herrliche, sauerstoffreiche Nachtluft ein, auf dass tiefe, weinschwere Gedanken luftleicht emporsteigen mögen. Um meine Beine besser ausstrecken zu können, schob ich das Tischlein, auf dem das volle Glas stand, vorsichtig und geschickt ein Stück zur Seite.

Nicht zu erklären war, weshalb das Glas plötzlich herunter fiel und auf dem Boden zerschellte. Die anderen Gäste der Esplanada besahen meine Clownsnummer mit einem Kopfschütteln oder sahen gleich beschämt weg.

Ob das Arrangement der Tische mir nicht gefallen würde oder warum ich mich als Dekorateur betätige.

Warum statt helfender Hand hier geistesarmes Wort gedeihe.

Dass geistesarmes Wort am Tische bestimmter Gäste tatsächlich oft gedeihe und …

»Jetzt red' kein Scheiß. Hier liegen überall Scherben rum«, unterbrach ich.

»Ach nee.«

Wir klaubten die Scherben zusammen auf. Die äußerst freundliche Bedienung brachte sie weg, kam mit einem neuen Glas und einem Pflaster für meinen rechten Daumen zurück.

»Danke.«

»Gern geschehen.«

***

Die Stunden vergingen, und kurz vor Mitternacht war ich ein wenig betrunkener als geplant.

Klobig erhob ich mich von der Bank. Eine Affenhorde, diese geschickten Kletterer, aber sonst genauso gern streitenden und schadenfrohen Gesellen wie wir Menschen, hätten sich über mich ins Fäustchen gelacht.

Die Bäume waren nun im Spätsommer mit schweren, dunkelgrünen Blättern zugewachsen. Das Licht der Straßenlaternen drang kaum durch das Dickicht ihrer Kronen.

Mühselig und schwankend bewegte ich mich nach Hause.

Auch allein machst du dich besoffen zum Affen.

Und die Götter sind deine Zeugen.

Und dein Benehmen wird von jeder Göttlichkeit weit entfernt sein.

Auf halbem Weg begegnete ich nochmals meinem älteren Nachbarn, der zur späten Stunde vor die Tür gegangen war, um eine zu rauchen – »eine Zigarette am Abend«, wie er mir einmal gestand. Ich nuschelte ihm etwas zu, er nickte freundlich und wissend zurück.

»Ja, ja … all dieser Unsinn auf der Welt.«

Kapitel 11

Ob die Arbeit des Tages bereits getan sei, da ich so früh erscheine, ausgeruht und wie nach langem Schlaf erquickt.

– Die äußerst freundliche Bedienung begrüßte mich und sah auf die Uhr.

Mir war klar, worauf der unverschämte Kerl mich ansprach.

»Nur der frühe Wurm fängt den Vogel«, antwortete ich.

Der ›Herr Frühe Wurm‹ – dem es anscheinend gefalle, so manches Sprichwort durcheinander zu bringen – gestern in der späten Nacht noch zu berichten wusste, dass ein ›letzter Wein noch schmecken würde, da der Arbeitsbeginn Morgen erst spät am Tage begänne‹.

Wer denn der ›Herr Frühe Wurm‹ wieder sei?, wunderte ich mich.

Jener Herr, der noch gestern, zu eben jener späten Stund, zu berichten wusste, dass ›die Scheu vor dem Fleiß eine Untugend sei‹.

Dem sei nichts hinzuzufügen und dass auch die Philosophen dem Recht geben würden, gab ich zur Antwort.

Es deshalb verwunderlich sei, dass eben jenem ›Philosophen des Fleißes‹ gestern Nacht nicht einleuchten wollte, dass die letzten Gäste bereits zur Nachtruhe übergegangen wären, da am nächsten Morgen, in nur wenigen Stunden, die neuen Aufgaben eines Menschenlebens warten würden und er selbst, also die Bedienung des Hauses, seit beinahe zehn Stunden auf den Beinen sei und nun Weissagungen über den Fleiß von einem Trunkenbold anhören müsse.

Ich denn nun über meinen Fleiß wache halten wolle und er über seinen, und, da ich als Gast von seinem Fleiß mehr oder weniger abhängig sei, ich mich erdreisten möchte, ihn seiner Aufgabe zu erinnern, einen Wein herzutragen und was die Fragerei nach getaner Arbeit und Fleiß eigentlich soll.

Dass, wenn jemand bis zwei Uhr morgens säuft mit der Begründung, dass er erst mittags zu Arbeit müsse und daher ›sich noch einen Wein schmecken lassen könne‹, der recht frühe Auftritt dieses ›Philosophen des Fleißes‹ oder des ›Herrn Frühen Wurms‹, zu dieser Stunde doch recht erstaunlich sei. Wie dies in Addition von acht Arbeitsstunden denn vonstatten ginge?

Dem selbst ernannten Herrn Pythagoras die mathematischen Probleme nicht weiter bekümmern mögen und ich nun gerne einen Wein, sechs Scheiben Käse und ein paar Oliven bestellen möchte.

Er habe die seltsame Vermutung, dass ich, statt fleißig der Arbeit nachgegangen zu sein, den Tag schlafend verbracht hätte.

Ich gab zu, dass ich heute früh für den ›Allgemeinen Dienst‹ ungeeignet war, mich daher bei meinem Arbeitgeber krank gemeldet und meinem Fleiß ausschließlich den tiefen und schweren Gedanken ›Über die Arbeit‹ gewidmet hätte.

Strenges Nachdenken stets eines Lobes würdig sei, antwortete die äußerst freundliche Bedienung folgerichtig, fügte jedoch beim Weggehen hinzu, dass diese Formulierung bei einem verkaterten Faulpelz unangebracht sei.

Und weg war er. Aber er brachte Gott sei Dank schnell ein Gläschen Wein. Nach ein, zwei Schlucken ging es meinem Kopf gleich besser.

Endlich konnte ich den Abend, die Natur und den Sommer genießen.

***

Ein langhaariger, lässig gekleideter Typ stellte einen Eimer mit

Kleister auf der Straße ab. Der Kleister roch bis an meinen Platz und der Geruch vermischte sich mit dem Duft des Weines und der Oliven. Der alte Kater, der mittlerweile neben mir saß, rümpfte verächtlich die Nase.

Der Langhaarige zog einen breiten Pinsel à la Billy the Kid aus der Seite seines Gürtels, überstrich die Fläche eines Stromkastens – der mit einem doppelt- und damit widersinnigen Aufkleber ›Bekleben verboten‹, versehen war – mit Kleister und zog, wie einst Robin Hood den Pfeil, ein zusammengerolltes Plakat aus seinem Rucksack über die Schulter hervor und beklebte damit den Kasten.

›Natur! Einfachheit!‹, war nun in grüner hanfblättriger Schrift zu lesen.

Statt ›Bekleben verboten‹.

Weit ist der Mensch aus der Natur gefallen. Der menschliche Intellekt ist ein von der Natur getrenntes Einsames, weit von jeder Harmonie des Kreislaufs des Lebens entfernt. Wie sehr doch der Mensch auf dem Irrweg ist, wenn er auf der Suche nach Glück und Wahrheit denkt, richtet und zu leiten glaubt.

»Nicht mehr als Bruchstücke dieser Welt können unsere Gedanken erfassen. Es ist die fühlende Seele, auf die wir hören sollten und …«

»… Jetzt hör auf, mit dem Kater zu quatschen. Hier ist dein Wein«, unterbrach mich die äußerst freundliche Bedienung.

»Ich quatsch nicht mit dem Kater.«

»Mit wem sprichst du dann?«

»Ich habe nur still nachgedacht und nicht laut gesprochen.«

»Natürlich nicht … Ich hab noch zu tun. Bis später.«

»Bis später.«

Ich wollte mich wieder dem verdammten Kater zuwenden, aber dieser war wie die äußerst freundliche Bedienung verschwunden. Ich hatte sowieso den Faden verloren.

***

»Der langhaarige Typ vorhin hatte vollkommen recht«, sagte ich, Richtung Stromkasten zeigend. Die äußerst freundliche Bedienung hatte sich zu mit gesetzt.

»»Natur! Einfachheit!‹. Knoblauch und Bohnen essen, Wein trinken und am nächsten Tag mit Blähungen und irren Augen nackt schreiend durch den Wald rennen. Kein Gedränge in der U-Bahn oder Stau auf der Straße. Keine Arbeitsanweisungen. Nur noch Freiheit. Was wäre das für ein Leben?«

»Eines für einen arbeitsscheuen Faulenzer, der sich auch noch für einen Feingeist hält«, bemerkte die äußerst freundliche Bedienung.

»Nein«, widersprach ich, »die Natur richtig sehen, sich vom falschen Weg des gierigen und egoistischen Menschen entfernen. Frei wie Vögel und Bienen sein, mit ihnen singen und summen. Sich wieder mit der Natur verbinden. Zumindest verbünden.«

Dies schöne Ansätze seien, aber gerade die Vögelchen um jeden Brotkrumen streiten würden und ihr Gesang auch nur eine Werben in eigener Sache sei. Und Bienenvölker seien autoritäre Staaten.

»Hm …«, schwieg ich.

»Der Mensch romantisiert die Natur. Die Natur ist egoistisch, ohne Ethik, voller Gefahren. Keine Vergangenheit und daher kein Gewissen, keine Zukunft und daher keine Verantwortung«, endete die äußerst freundliche Bedienung.

»Hm …« Ich nippte an meinem Wein und starrte das Plakat an.

***

Ein starker Wind zog auf und es wurde deutlich kühler. Ein Gewitter war für die Nacht nach einem heißen Sommertag vorhergesagt worden.

Die Wolken, noch unentschieden, ob sie Luftgebilde bleiben

61

oder zu Regen werden sollten, zogen, von einem stürmischen Wind angetrieben, schnell am Himmel lang. Die Bäume wurden geschüttelt, waren aber jetzt im Sommer noch zu stark, um ihre Blätter loszulassen, wie es im Herbst geschehen wird, wenn die Blätter als buntes Konfetti zur berauschenden Abschlussparty des Sommers durch die Luft wirbeln werden.

Die Nacht war angebrochen. Wie alle anderen Gäste war ich nach einem heißen, ermüdenden Sommertag vor dem bald aufkommenden Gewittersturm in Richtung sichere Wohnung geflüchtet, wo es Strom, warmes Wasser und eine Zentralheizung gab und Fenster mich vor den Unbilden der Natur schützten.

Kapitel 12

»Alles gut?«, fragte die äußerst freundliche Bedienung.

Ich zeigte auf den leeren Tisch vor mir, auf dem weit und breit kein gefülltes Weinglas zu finden war. Die äußerst freundliche Bedienung stellte sich wie gewöhnlich ahnungslos.

»Nix ist gut!«, half ich, ihn in die Spur zu bringen.

Solle er mir eine Couch aus der Bar hinaus bringen? Ich könne mich dann hinlegen und über meine Probleme sprechen.

Von welchen Problemen er spreche und wie er auf die Idee käme, dass *ich* welche hätte.

Ja, wie man denn bloß auf so eine Idee kommen könne?

Ich übersah sein freches Grinsen.

Er solle hier nicht den Psychiater spielen und lieber meinen Wein bringen.

Dass jeder Wirt mehr oder weniger ein Psychiater sei, ob ich das nicht wüsste?

Natürlich wüsste ich das, würde aber Wein statt Gequatschte bevorzugen.

Reden müsse der Patient und nicht der Doktor, hörte die äußerst freundliche Bedienung nicht auf, meine Nerven zu strapazieren.

»Herr Doktor, einen Wein bitte!!«

Der Wein wurde gebracht und ein Abend mit eigenen, tiefergehenden Gedanken konnte beginnen.

***

Ein rubinrotes Leuchten. Ein Schweben, das Schwingen einer Seele in ihrem Gefäß. Diesem nicht entrinnbar – nicht entrinnbar ist die falsche Bezeichnung – eingefasst ist besser. Die Seele in ihrem Gefäß. Eingefasst.

Ich hielt mein Weinglas gegen die letzten Strahlen der Abendsonne. Kosmisches Leuchten durchschien das Elixier des Lebens. Funkelnd erweckte das Licht die Seele des Weins.

Die Wachheit für das eigene Leben ist nicht hinter Bergen schwankender Gefühlen oder festgefahrener Komplexe versteckt, es sei denn, wir türmen diese Berge um unser Leben auf, mit dem Alltagsmüll und Wahnsinn einer zu lauten, sich zu schnell drehenden Welt. Wenn wir nicht mehr innehalten und vergessen, der Stimme unseres eigenen Herzens zu lauschen. Wenn wir nur noch – von außen gedrillt und festgelegt – für diese Welt zu funktionieren haben.

Ich musste schmunzeln. Was hatte Allen Ginsberg über Psychiater gesagt?

»*Das sind Männer und Frauen, die an meiner unsterblichen Seele herumfummeln wollen!*«

Und wie hatte Jack Kerouac, sein Freund, Ginsberg wiederum beschrieben?

»*Ein vollbärtiger Allen, der einmal im Jahr aus den Bergen herabsteigen und Feuer prophezeien wird*«.

Die ›Wachheit für das eigene Leben‹ kommt aus der Seele, mit all ihren kleineren und größeren Störungen. Und diese ›Störungen‹ sind Schutzschilder und Schleier, welche die Reinheit der Seele schützen wollen. Denn all diese ›Störungen‹ sind Teile der Seele, sind Teile ihrer Wachheit. Teile einer Wachheit, die darum weiß, dass der Mensch nicht einer ständigen Korrektur bedarf, um der Maschinerie der Welt – genormt und eingestellt – weiterhin blind zu folgen. Diese Wachheit ist das ureigene Feuer der Seele, des Herzens, um ihr den Weg zu leuchten. Also erhalte sie dir gut, deine eigene Wachheit.

***

Die äußerst freundliche Bedienung machte mit den Kerzen ihre Runde.

Es gibt keine Verrücktheiten und keine Absonderlichkeiten. Nur wunderbares Besonderes, diagnostizierte ich der äußerst freundlichen Bedienung.

Ja, jede Besonderheit besonderlich, jede Sonderheit sonderlich.

Ich sei wirklich überrascht ob seiner Gedichtskunst.

Er wäre dagegen nicht überrascht, dass es für mich keine Verrücktheiten auf der Welt gäbe und ich somit einem Fisch gleiche, der nichts vom Wasser weiß.

Wir sollten hin und wieder die Befehle der Welt hinten anstellen und uns von unserem Inneren, von unseren Talenten und Gaben den Weg leuchten lassen, ließ ich mich nicht irritieren und vom welchem Fisch er da spräche.

Dass es nichts nütze, wenn ›Talent und Gabe‹ nur aus träger Träumerei bestehen würde. Das Leben bräuchte Aufgaben, müsse auch mal nach Vorgabe handeln. Sogar nach Belohnung strebe der Mensch – und diese täte ihm auch hin und wieder gut.

Ich wollte nur andeuten, dass der Mensch denken, lesen und schreiben möge. Auch mal heulen und verzweifeln, sich aber nicht zum Sklaven der Maschinerie machen lassen sollte.

Er würde verstehen, ich aber das Trinken – also in meinem Fall das Saufen – vergessen habe und ob es denn noch was sein dürfe?

Selbsterklärendständlich, gab ich zur Antwort.

Und so geht der eine in seiner ganzen Wachheit tatkräftig zur Tat, handelnd zur Hand und der andere, sich an seinem Lichte klammernd, versinkt in sein Inneres oder in die Bücher anderer.

Die äußerst freundliche Bedienung ging los und ich holte Allen

Ginsbergs ›The Howl‹, einen Stift und mein Notizheft aus meiner Tasche.

Und so suche ich im Wahn des Denkens,
Trost in eigener Verrücktheit,
Rettung meiner selbst.

Die äußerst freundliche Bedienung brachte mir meinen Wein.

***

»Ich bin der Berg, bin das Tal,
die brennende Sonne, der kühlende Wind.«
    Auf dem Nachhauseweg summte ich leise vor mich hin.

Die äußerst freundliche Bedienung hatte sich eine Stunde zuvor mit zwei Whiskys zu mir gesetzt.
    »Auf die Narren, die stets dem Äther folgen, sich dem Weltlichen entziehen wollen, um den Göttern zu folgen«, stieß die äußerst freundliche Bedienung an. »Gebe euch euer Licht Schutz.«
    Die schweren Gläser machten ›Klock, Klock‹.
    Was hilft dem Menschen mehr, als ein echter Freund, der einen immer – fast immer – versteht, egal, welch Narr man ist? Dankbar prostete ich meinem alten Freund zu.

***

Und es sprach Allen Ginsberg, vom Berge herabgekommen, noch nicht ganz vollbärtig, aber vollkommen nackt auf der Bühne, »*Ich sah die besten Köpfe meiner Generation, vom Wahnsinn zerstört ...*«.
    Und er sprach natürlich nicht vom Wahnsinn des Einzelnen. Denn der Einzelne ist unschuldig. Er sprach vom Wahnsinn der

Welt, dem Wahnsinn der Maschinerie, die dem Menschen ihr Dik-
tat befiehlt, wie dieser zu funktionieren hat in einer Welt, durch die
nur dein eigenes Feuer dich führen und erlösen wird, »... *mit dem
absoluten Herzen des Gedichts des Lebens, herausgerissen aus
ihren eigenen Leibern, Nahrung genug für tausend Jahre«.*

Kapitel 13

Ein blauer Himmel. Beinahe. Denn hinter der Straßenflucht türmen sich Wolken zu hohen Bergen auf wie ruhige Riesen, die sich das Treiben dieser Welt aus tausendjähriger alter Stille anschauen. Wolken, die an einer messerscharfen Kalt-Warm-Front wie abgeschnitten nur wenige Kilometer entfernt verharrten.

Aber da diese Riesen so still und hell aus der Ferne zu uns schauten, machte ich mir keine Sorgen. Ich wusste, dass sie unser Treiben an diesem schönen Sommerabend als ein buntes Verspieltes der Müßiggänger und Nichtstuer erkennen würden. Anders als unsere sonstige hektische Jagd nach Geld und Konsum, alles in größter Gier, an deren Ende all die unnütz angehäuften Waren und Reichtümer nur Ödnis und Überdruss hinterlassen.

Sie werden uns also gnädig sein, die ruhigen Riesen.

***

Ich ließ den Geist des Weines seine neue Freiheit atmen. In allem steckt Leben und alles ist miteinander verbunden, und wir sollten alles in seinem Fluss lassen, in seiner Zeit, in seiner Dauer, im Auf und Ab. Bereit, den Dingen friedlich zu begegnen.

Der Geist des Weines – befreit aus seiner Flasche – hatte ein- und ausgeatmet. Ich trank den ersten Schluck, wusste um die Dankbar- und Einvernehmlichkeit unseres Handels. Hier verband sich eine Seele mit der Erde, der Sonne, den Tränen des Himmels, die sich in diesem Wein vereinten.

Immer wieder sah ich zu den großen weißen Riesen am Ende der Straßenflucht hinüber.

Wie es einem Menschen bloß möglich sein könne, stundenlang, ohne jede Regung, auf Wolken zu starren?

Die äußerst freundliche Bedienung – dem es schon den halben Abend gelang, mit seiner Rennerei zwischen den Tischen und seinem untrüglichen Talent jeden Gast in den Wahnsinn zu treiben, und damit auch mich aus meiner stillen Ruhe zu werfen – beendete abrupt meine Meditation.

Dass jene Herrlichkeit zu sehen mir reichen würde, da diese reine Botschaft mein Herz zu erfüllen wisse und es mich nicht nach eitlem Besitz verlange, da letztlich sowieso alles leer und eine Illusion sei.

Die äußerst freundliche Bedienung stellte einen neuen Wein mit der Bemerkung hin, dass dieses Glas jedenfalls nicht leer und keine Illusion sei, dessen Besitz ein gewisser Gast eben noch lauthals zu wünschen wusste.

»Der Berufene wünscht Wunschlosigkeit und Stille, wie es im Laotse heißt, um den Dingen bereitwillig und gelassen zu begegnen«, antwortete ich.

Dies vor wenigen Minuten ein klein wenig anders zu vernehmen war, als der ›Herr Berufene‹ ungeduldig nach Wein geschrien hätte. Von welchem gewissen Gast er wohl weiter oben im Text gesprochen habe?

Ich dies nicht wissen wolle und nur wieder einer seiner seltsamen Verwechslungen befürchte, des Weiteren nun im Frieden meines Nichtstuns dem langsamen Gang meiner Gedanken folgen möchte.

Er schon verstehe, geistige Trägheit bei gewissen Gästen nichts Neues wäre und der Teufel für jede Faulheit eine Ausrede parat habe.

Dass die Übung des Nichtstuns und die Reinigung des Geistes eine heilige Sache sei, antwortete ich.

Wie schön, dass das Nichtstun so heilig und erhaben an diesem Ort gepredigt wird, aber was ich von einem Nichtstun seinerseits halten würde, sobald die Leere mein Weinglas erreiche, ein neues gefülltes sich als eine weit entfernte Illusion hervortäte?

Dies schändlich wäre, da es gut sei, den Tag mit einem guten Wein abzuschließen, auch wenn Sorgen und Unerledigtes vom Tage drängen. *»So lass uns den Großen Gong hören und mit seinen Schwingungen diese Welt verlassen.«* – Jack Kerouac und alles ist erleuchtet.

Dass er mir meine Erleuchtung schon bringen würde.

»Der Große Gong! Natürlich!«, kommentiert mein alter Freund schmunzelnd.

Natürlich rannte die äußerst freundliche Bedienung nicht zwischen den Tischen wild umher. In stiller ruhiger Art, wie eh und je, nahm er die Bestellungen der Gäste auf, lächelte dabei freundlich und besänftigte die Welt, auf dass sie ein wenig besinnlicher werde, nahm ihr ein Stück ihrer ständigen Hektik. Er ist jemand, der dem Fluss der Dinge folgt. Sein Handeln ist keine Getriebenheit, sondern ein stilles Wirken, so wie es alte weise Mönche den Menschen gerne lehren. Dennoch waren seine Bewegungen wendig und flink.

Friedvoll und in dankerfüllter Ruhe verging der Abend.

***

Die großen ruhigen Riesen, die sich das Treiben dieser Welt aus tausendjähriger alter Stille angesehen hatten, waren nun, scheinbar zufrieden über das bunte verspielte Treiben dieses Abends, leise entschwunden. Durchaus hätten sie mit Regen und Sturm den schönen Sommerabend früher beenden können. Stattdessen blieb eine klare, wenn auch kühle Nacht zurück.

Da ich am nächsten Tag frei hatte, war ich länger geblieben, um mit der äußerst freundlichen Bedienung nach seinem Feierabend noch ein wenig Zeit gemeinsam zu verbringen.

Ein Kollege hatte die Spät- oder besser Nachtschicht übernommen und bediente die letzten Nachtschwärmer drinnen an der Bar. Nur zwei Personen saßen noch draußen auf der Esplanada, sich im Kerzenschein ruhig unterhaltend.

Ich trug meine mitgebrachte Jacke – außerdem wärmte der Wein von innen – und auch die äußerst freundliche Bedienung hatte in seiner Wind- und Wetterjacke neben mir Platz genommen. In seiner Hand ein schweres Whiskyglas, wie immer etwas über dem Markierungsstrich gefüllt.

Wir sprachen nicht viel, genossen die Friedlichkeit des Moments. Noch zweimal ging die äußerst freundliche Bedienung hinein und brachte erst einen weiteren Wein und Whisky, nach seiner zweiten Tour zwei Whisky mit. Beide nippten wir aus schweren Gläsern, in meinem schmolz langsam ein Eiswürfel.

Der Tag war vergangen, die Nacht vorgerückt. Der nächste Tag und die nächste Nacht werden folgen. Wir werden zur Arbeit gehen, und glücklich werden jene sein, die dann noch Muße für das Sein haben. Die Erhaltung der eigenen Ruhe ist das Geheimnis, das den Abstand von der Hektik dieser Welt bewahrt. Jener unbesiegbare Friede, der nicht kämpft, sich nicht verteidigt, sondern einfach nur ist, ohne gleichgültig zu sein.

Das Geheimnis für ein gutes Leben?

Lebe im Einklang mit der Welt, rühre sie nicht unnötig auf mit maßlosem Tatendrang. Und du wirst beschützt sein. Ein gutes Buch und ein guter Wein sind auch nicht hinderlich.

Ich erzählte der äußerst freundlichen Bedienung von den großen ruhigen Riesen.

»Ah … die Jungs mit dem ›großen Gong‹ und der ›reinen Botschaft‹?«

»Ja!«, antwortete ich mit dem Versuch, Doppeldeutigkeiten zu ignorieren, was aber durch das laute Auflachen von uns beiden misslang.

»Ja! Die meine ich. Die, die über uns wachen, dass wir nicht jedem Scheiß aus der großen Glitzerwelt hinterherjagen.«

»Aber nur im eigenen Irrgarten der Gedanken suchen? Auch hier kann der Mensch sich im Leben ganz schön verlieren und verirren, oder?« Die äußerst freundliche Bedienung und sein klarer Blick auf die Welt.

»Vielleicht.«

»Es gibt tatsächlich Menschen, die sind glücklich, wenn sie sich etwas gönnen und leisten können. Ein bisschen Motivation braucht das Leben auch. Sonst wird man nur trübsinnig. Immer nur grübeln macht den Geist nicht hellsichtiger.«

***

Auf meinem Weg nach Hause dachte ich über die Worte der äußerst freundlichen Bedienung nach.

Zu Hause öffnete ich das Doppelflügelfenster meiner Einzimmerwohnung, zündete ein paar Kerzen an, stellte diese auf das Fensterbrett und goss mir ein Glas klares, kaltes Wasser ein.

GONG

Und wenn die Denkenden weise scheinen, in der Muße innehalten. Wenn sie dem lauten Leben *entfliehen* wollen ... blicken sie ins Trübe, nicken bitter und lassen ihre Köpfe in die Hände fallen.

»Wohin? Wohin strebt mein Geist?«

GONG

Und wenn die Tätigen weise scheinen, der Handlung nachgehen. Wenn sie dem lauten Leben *dienen* wollen ... blicken sie ins Trübe,

Luft, spanische Musik aus dem Inneren der Bar, ließen an diesem frühen Abend ein südländisches Flair aufkommen. Vor mir ein Rotwein der La Mancha, alternativlos, da es wohl weithin bekannt ist, dass der Weinbau aus hiesiger, brandenburgischer Region nur wenige Erfolge und Reichtümer zu erzählen weiß.

Ich wurde vom Wirt schändlich empfangen. Wie eh und je erpresst ein einfacher Verstand viel Geduld beim Verständigen. Und jener Wirt, mit dem Namen ›die äußerst freundliche Bedienung‹, war natürlich nicht des Unglücks letzter Streich. Kaum weniger frohlockten die Begebenheiten, die vor Ort beim anwesenden Volk anzutreffen waren,

Welches zum Saufen und Raufen,
Zum Laben und Plagen,
Sich gewalthaft dort rieb.
Und ohne zu ranken,
Nach feinen Gedanken,
Allzeit nur brüllte und Kummer trieb.

Die Gespräche des Volkes an den anderen Tischen waren laut und unheilvoll, als würden Engländer, Spanier und Türken aus Cervantes' Zeiten Kriegsgebrüll anführen. Und auch der germanische Geist Heiliger Römischer Nationen wusste sich bierselig einzustimmen.

Natürlich war das Bestellen inmitten dieses Geschreis bei der äußerst freundlichen Bedienung schwierig.

Ob er richtig verstanden habe, dass es dem Herrn Gast nach einem ›eines edlen Ritters würdigen Weines‹ verlange.

Ja, dem sei so, da ein würdiger Gast nichts Geringeres wohl verlangen dürfe.

Dass die hohen Weine für edle Ritter weiter hinten auf der Karte zu finden seien, dies mir jedoch nach jahrelangem Studium der Weinkarte bekannt sein müsste. Natürlich fordern jene Weine ihr

Scherflein ein, einer Kleinigkeit jedoch, da ein edler Herr, mit sicherlich gut gefülltem Münzbeutel, so stolz zu bestellen wisse.

Seine Rede sei recht dunkel für einen hellen Verstand, ich mich zu den Edlen ohne großen Münzbeutel zähle, jedoch der Herr Wirt versichert sein möge, dass meine Münzen aus Tugend und Heldenmut bestünden, die goldgleich aufzuwiegen seien.

Die Münzen der Tugend und des Heldenmuts seien eine sehr blecherne Währung, besonders wenn von Heldenmut und Tugend eines bekannten Marktschreiers und Trunkenbolds die Rede sei.

Dass er durch das Hin- und Herirren in der heißen Sonne gänzlich verblendet sein müsse und Mühlen mit Riesen, Edelmänner mit Schuften zu verwechseln scheine und ob nicht ein kühler Heilbalsam auf seiner Stirne Linderung verspräche.

Er verwechsle keineswegs Schufte und Edelmänner und es ohnehin bei solcherlei Tausch nichts zu gewinnen gäbe. Ob der Herr Edle ausgesucht habe, welchen Wein er für diesen Abend beliebe.

Ich tat meinen Wunsch kund und er möchte doch bitte nicht weiter sich selbst und schon gar nicht andere aufhalten, ihren Dienst zu verrichten, denn ich habe die Historie der irrenden Ritterschaft zu studieren.

Ritterlich und ohne Fehl und Tadel ging die äußerst freundliche Bedienung los, um meinen Wein an der Bar zu bestellen und bald zu bringen, um sodann andere Gäste – egal von welchem Stande – höflich und gutmütig zu bewirten. Wer selbst edel ist, kennt keinen Unterschied zwischen den Menschen.

***

Die Welt ist unsinnig. Und der Teufel schläft nie, diese noch weiter zu verwirren. Oder – um es besser und verständiger zu sagen – die Welt ist übel für den, der sie gerne wohl und gerecht sehen möchte. So erging es auch Don Quijote de la Mancha, dem ›Ritter von der traurigen Gestalt‹. Er sah die Übel der Welt, bekämpfte diese mit heroischem Mut und schlug unglücklicherweise mehr die Rechten als die Unrechten, gerade so, wie es in der Welt oft geschieht. Und der Getreue an seiner Seite, der Knappe Sancho Pansa, bestaunte dies alles mit dem klaren Blick eines einfachen Mannes, nicht ohne dabei genug eigene Schläge auf seiner Habenseite zu summieren.

Es ist die Einbildungskraft eines seltsamen Kauzes nötig, der sich seinen eigenen Trugbildern allzu gerne hingibt, um, wenigstens in dieser kleinen Freiheit seines Genius, die Welt ein wenig zu verbessern.

Und tun wir das nicht alle? Uns danach sehnen, die Welt ein wenig besser, wie wir sie uns wünschen, zu gestalten? Ihr in irrenden Tagesträumen ein Stück mehr Glück beizumischen? Köstliche Trugbilder. Trug als Trost. Als Hoffnung. Oder einfach zur eigenen Wonne. Das Leben als Phantasieerzeugte.

Ich erhob mein Glas auf all jene, denen es gelang und gelingen wird, dem Leben ein wenig eigene Dichtung und Phantasie hinzuzufügen.

***

Der kleine Stadtpark gegenüber der Esplanada war von Dunkelheit umhüllt, die Straßenlaternen beleuchteten den Gehweg davor.

Ein letztes Glas wurde mir zu meinem Ruhme gereicht, als »ein Geschenk des Hauses, aus Dank, einen so edlen Herrn seinen Gast nennen zu dürfen«.

Grinste dieser unverschämten Kerl von einem Wirt etwa? Wie dem auch sei, die Rechnung, natürlich eines Königs würdig, wurde mir armem Bettelmann hinzugelegt.

Das Kriegsgebrüll an den Nebentischen war verebbt, Cervantes' Meisterwerk lag zugeklappt auf dem Tisch, die Sonne schon lange gen Südwesten nach Spanien weiter gezogen und auch dorten bereits untergegangen.

Der Anblick der Sterne am Himmel hat sich nach vierhundert Jahren, seit Don Quijotes und Sancho Pansas Abenteuer, für die Augen der Menschen kaum verändert. Und sicherlich auch die Wünsche und Phantastereien nicht, denen ein guter Mensch sich hingeben darf. Dass sich die Welt doch ein wenig nach unseren Trugbildern – die gerecht und tugendhaft sein mögen – drehen möge …

Hin und wieder. Oder?

Kapitel 15

Er flog weg …
 … schnell und sogleich unerreichbar.

Mein Zettel …
 … hinweg … getragen durch nicht zu befehlende Winde. Denn sie treiben ihr eigenes Spiel, ohne auf die Wünsche und Sehnsüchte der Menschenherzen zu achten.

Wenn des Menschen Herz, Mut gefasst und ernsthaft der Liebe bekennend, sich der so achtlosen Leichtigkeit der Liebe entgegenstellt …
 … kümmern sich die Winde des Schicksals nur wenig um die tapferen Herzen. Verweht und betrübt bleiben diese nach des Schicksals Stürmen zurück.

Mein Zettel …
 Wünsche. Gedanken-getragen und -umzogen
 Von den Winden, nur zu schnell verflogen.

So war er hin … mit wahrer Liebschaft geschrieben. Mit einer … meiner … liebsten Sehnsucht.

***

Wie schön die Uferpromenaden der Wasserstraßen Berlins geworden sind. Sonnenstrahlen erwecken helles Grünleuchten in den Bäumen und Glitzerfunken auf den Gewässern. Und später, in der Abenddämmerung, von tiefgrünen Bäumen umgeben, spiegeln sich auf den Gewässern die ersten warmen Lichter der Laternen an den Uferpromenaden. Und endlich, wenn es dunkle Nacht ist, liegen die Wege an den Wasserstraßen still und ruhig da – und doch ist das Leben dieser Stadt nicht weit und nur ein Katzensprung entfernt.

Wie ein leeres Blatt im Wind, Zeile für Zeile die Geschichte des Tages aufschreibend, verlief ich mich durch die Straßen. Ja, ich *verlief* mich, aber nicht *verloren*, sondern bewusst und klar erfasste ich die Umgebung, schenkte den *Zu*fällen meine Aufmerksamkeit.

So *ver*laufe ich mich also auf den Wegen, entlang der Wasserstraßen, nachdem ich etwas früher als gewohnt von der Arbeit aufgebrochen war. Irgendwann setzte ich mich auf eine Wiese und dachte an ein Gespräch Sören Kirkegaards mit den Winden des Schicksals, als er ihnen, den Winden, das Versprechen abverlangte, den Hut vom Kopf eines Nebenbuhlers seiner geliebten Dame wehen zu lassen und diesen, den Hut, immerfort vor dem Nebenbuhler her zu blasen – immer nur ein Stückchen – sodass dieser Herr, einem Tollpatsch gleich, seinem Hut hinterher stolpere. Und an einer verabredeten Stelle, wo er, Kirkegaard, bereits warten würde, die Winde auch seiner geliebten Dame – die dem Tollpatsch hinterherlaufen musste – ihren Hut wegblasen sollten, und zwar so, dass »*Er der Glückliche sei, der den Hut auffängt und ihr wieder überreichen kann*«.

Wie viel schön-naive Unschuld dieser kluge Kopenhagener doch besaß. Und dieser – dinglich, also im wahren Leben nur wenig, aber im Geiste und im Schreiben so großartige Verführer und Kenner des Umwerbens – konnte so wunderbar erzählen, dass später ein Rilke ihm erlegen war.

So saß ich im Grünen am Rande einer Wasserstraße, einer der vielen Oasen mitten in Berlin. Nach meinen Gedanken an die Geschichte vom fliegenden Hut schrieb ich auf einem losen Zettel – mein Notizheft hatte ich morgens nicht zur Arbeit mitgenommen – ein paar Gedanken über meine letzte Verliebtheit auf … Oh ho!

Es gelangen mir ein paar gute Worte, sogar freche waren dabei … Oh, là là!

Aber dann … Oh Schicksal!

Ein Windstoß nahm mir meinen Zettel fort … Oh je!

***

Der Abend war, für den Unaufmerksamen einmal mehr, heimlich zur Nacht übergegangen und die Wege an den Wasserstraßen waren, von wenigen Laternen und dem Lichterfunkeln auf der schwarzen Wasseroberfläche abgesehen, dunkel geworden. Es zog mich zurück in das Leben dieser Stadt.

Und wohin haben die Winde mich geführt?

Die äußerst freundliche Bedienung setzte mich auf den letzten freien Platz an einem Tisch, wo ein allem Anschein nach frisch verliebtes Pärchen saß. Er machte es in seiner charmant-direkten Art.

»Ihr rutscht mal endlich ein bisschen zusammen und *den* beachtet gar nicht!«.

Die beiden rückten schüchtern, aber nicht unglücklich über den Befehl der äußerst freundlichen Bedienung, auf Körperkontaktnähe zusammen und ebenjener ›*DEN*‹ setzte sich in artigem Abstand dazu.

Ich holte Sören Kirkegaards Erstlingswerk ›Entweder – Oder‹ und mein Notizheft – ich war noch kurz zu Hause gewesen – aus meiner Tasche.

Der Wein wurde gebracht und da meine Tischnachbarn weiterhin schüchtern schwiegen, dachte ich kurz darüber nach, ihnen von meinem Liebesgedicht zu berichten. Und wie Kirkegaards Winde mir diesen Zettel gestohlen und auch alle Zeilen meinem Gedächtnis entrissen hätten.

»Und nun sitze ich hier ausgerechnet mit einem frisch verliebten Pärchen an einem Tisch. Wie ungerecht die Schicksalswinde doch sind!«.

Natürlich war mir klar, wie erschrocken meine Tischnachbarn gewesen wären, wenn jemand, aus dem Nichts heraus, solch einen Blödsinn zu ihnen gesagt hätte – mehr aber noch die Antwort einer anderen Person –

Ich um Gottes willen aufhören möchte, hier Unfug zu treiben, und seit wann ich mich beauftragt sähe, in Liebesdingen Referat zu halten?

Dass ich in der Vergangenheit den sinnlichen Augenblicken der Liebesdinge durchaus Aufmerksamkeit und Studium zugewendet hätte und die erste Verliebtheit doch wohl die schönste sei.

»Natürlich ... erste Verliebtheit ... Spinner.«

– Das war natürlich nur ein Gespräch in meiner Vorstellung. Selbstverständlich hatte ich die beiden nicht mit meiner Zettelgeschichte erschreckt, selbstverständlich hätte die äußerst freundliche Bedienung mich niemals ›Spinner‹ genannt. Warum auch?

Nein, ich schwieg und las von der ›ästhetischen Gültigkeit der Ehe‹. Ja, Kierkegaard wusste durchaus nicht nur aus der Phantasie eines überzeugten Junggesellen zu berichten. Er nahm auch die Sicht eines Ehemanns ein, um von der ›Sinnlichkeit der Ehe‹ zu sprechen. Wieder weniger dinglich, da er selbst nie verheiratet war, dennoch sprachlich einmal mehr großartig.

So *ehren* Leidenschaften, so *lehren* Ehen
Wahrheiten, von der Existenz des Lebens,
Mehr als jede Philosophie.

***

Das Jahr wird uns nicht mehr viele Sommernächte schenken – zudem an einem Wochenende. Doch für diese Nacht hielten sich die nordisch-kühlen Winde zurück, jagten keine weiteren Gedanken, auf Zettel geschrieben, bald wie die Blätter der Bäume im Herbst, fort. Nein, es war ein wunderbarer milder Spätsommerabend.

Wohl Vertraute und frisch Verliebte waren größtenteils fort, sich in menschlichen Dingen der Liebe zu lehren und ehren, vielleicht aber auch zu streiten oder, noch schlimmer, zu ignorieren.

Es kamen die Suchenden, die Sehnsüchtigen, die verführen oder verführt werden wollten. Sie zogen schnell, nach einem Getränk, in einer Stimmung zwischen munter bis aufgekratzt, weiter zur nächsten Bar, zum nächsten Nachtclub, wo ihr Verlangen nach neuen Lieb- und Leidenschaften sie hinzog.

Eine Weile war ich noch geblieben, dann wie so oft als einer der Letzten allein nach Hause gegangen.

»*Ob stetes Binden oder stetes Begehren besser sei?*«, fragte der kluge Kopenhagener. Und gab zur Antwort, »*Tue es oder tue es nicht, du wirst beides bereuen*«.

Kapitel 16

Der dicke, aber nicht unsympathische Kutscher stieg vom Bock, fiel beinahe hin, da bereits besoffen, fing sich aber wieder. Seiner heiteren Laune tat dieser kleine Unfall keinen Abbruch. Kichernd lallte er etwas vor sich oder zu seinem Gaul hin. Es war augenscheinlich, dass ohne den Gaul, welcher die Strecke vermutlich in- und auswendig kannte, der Kutscher nie angekommen wäre.

Nach einem kurzen Verschnaufen begann der Kutscher, die Bier- und Weinfässer mühselig von der Pritsche zu entladen. Der äußerst freundliche Wirt des Hauses half, indem er den Fässern mit auf dem Rücken gekreuzten Armen lächelnd entgegenblickte und sie durch einen Gehilfen in die hinteren Lagerräume rollen ließ. Auch der Kutscher blickte nun dem Gehilfen freundlich hinterher. Als der Gehilfe mit seiner Arbeit fertig war, tranken beide – der äußerst freundliche Wirt und der besoffene Kutscher – ein Bier zum Ausgleich der verlorenen Mineralien und Flüssigkeit. Der Gehilfe und der Gaul tranken derweil Wasser.

**

Auch ich trank derweil meinen Wein, der mir dank der grenzenlosen Güte der äußerst freundlichen Bedienung bereits zehn Minuten vor Ladenöffnung gebracht wurde, obwohl er mit einem Lieferanten zu tun hatte.

Natürlich war keine Kutsche mit einem erfahrenen Gaul vorgefahren, sondern ein stinkender Laster, der nun mit laufendem Motor vor mir auf der Straße stand.

Der Kutscher war ein schlecht gelaunter Typ, der zunächst aufs Navi, dann mit dummer Miene zur Bar glotzte und sich schließlich entschloss auszusteigen. Vier Aluminiumfässer Bier, mehrere Kartons mit Flaschen wurden von der Hydraulik der Laderampe heruntergefahren, um dann – auch heute noch mühselig – mit der Sackkarre zwischen zu eng geparkten Autos Richtung Bar geschoben zu werden.

Die Bestellung wurde abgescannt, und mit einem Grunzen sprang der Lieferant in den Laster, glotzte wieder auf sein Navi und raste zum nächsten Termin.

Natürlich ist es Romantikduselei, wenn einer meint, Transport und Anlieferung solch wichtiger Ware wie Bier und Wein seien zu anderen Zeiten gleich einem festlichen Ritual vor sich gegangen. Mitnichten. Natürlich fluchten und ächzten die Bier- und Weinkutscher zu allen Zeiten.

Und dennoch,

Unter welchen Mühen und Plagen,
Betrügen und Qualen,
Wurden Gold und Silber herbei getragen?
Zu schmücken die Kronen,
Gierig' Leuten zu lohnen,
Die es habsüchtig in Truhen verbargen.

Und sehe ich dagegen die geistigen Waren,
Die Freude bringen, Kummer vertagen,
Vom Winzer und Brauer zum Wirte getragen.
Schöne Präsente im sonst strengen Leben,
Die guten Leuten Recht und Feier geben,
Dass Herzen ›*DAS*‹ öffnen, was sie sonst verbargen.

Ich bestellte noch einen Wein.

»Was sollen nüntzen mir Münzen,

in meiner Tasch, bei leerer Flasch?«, sprach ich zur äußerst freundlichen Bedienung.

Die Dichtkunst habe schon so manchen Geist-Vandalen über sich ergehen lassen müssen, antwortete die äußerst freundliche Bedienung, und er mit Sorge höre, wie nun ein neuer, sehr schlimmer Tiefpunkt gesetzt worden sei.

Ich würde ihm danken, wenn er sich weniger um die Reimeskunst sorgen möchte als um die Sorgen seiner Gäste, deren Gläser ebenfalls einen Tiefstand erreicht hätten und dass mir seine undienliche Sorgerei seltsam vertraut und so langsam suspekt wäre.

Das der Gebrauch des Plurals des Herrn ›PrimeGuest‹, nämlich von ›Gästen‹ zu sprechen, doch recht verwunderlich sei, da ein weiterer Gast bisher noch nicht gesichtet wurde und ich hier – mal wieder zur auffälliger und suspekt früher Stunde – alleine säße.

»So sei es nun – mit dem Dichter!

Und jetzt schwirr ab – lästiger Richter!«, scheuchte ich den Kerl fort.

**

Göthé – *NEIN*, es ist der Großvater des Herrn Geheimrats gemeint, welcher sich so und nicht anders schrieb – Göthé also, nach erfolgreichen Jahren als Damenschneider durch Heirat und Erbe zum Gastwirt und Weinhändler geworden, wird mit mancherlei Art von Kutschern zusammengekommen sein.

Und nachdem die Historie eine Änderung der Namensschreibung vorgenommen hatte, ist auch der Enkel – wenn auch sicherlich nicht im direkt Kontakt, aber doch in gewichtiger Abhängigkeit – mit Kutschern in Verbindung zu bringen. Wie bedeutungsvoll doch das Besorgen dieser Kutscher wurde, die die liebsten Weine jenes Enkels aus der großväterlichen Heimat Frankfurts ins ferne Weimar brachten.

Goethe – mit Vergnügen las ich die Gedichte des Meisters und vergaß dabei den Wein nicht. Der Abend schritt voran, Muße und Frieden stellten sich ein. Aber natürlich gibt es stets jemanden, der zu bekümmern weiß …

Die äußerst freundliche Bedienung trat laut schimpfend auf die Esplanada, mit einem Telefon in der Hand. Worum es ging, verstand ich nicht.

»Der Lieferant hat die falschen Kartons geliefert und den Wein vergessen«, berichtete er, nachdem er ein paar Mal vor meinem Platz auf und ab gegangen war. »Trink also langsam!«

Wie er das meine, ich solle langsam trinken, da ich ja wohl wie jeder normale Mensch mein Gläschen im ›tempi normale‹ genießen würde.

»›Jeder normale Mensch‹ …«, sagte die äußerst freundliche Bedienung. »Was ich meine? Ich versuche dir zu erklären, dass nur noch eine halbe Flasche da ist.«

»Oh Gott!«, rief ich aus.

»Genau!«

***

Es wurde bereits dunkel, als eine gute Stunde später – die letzte halbe Flasche hatte ich reservieren lassen – der liebe gute Lieferant mit dem klugen Gesicht und seinem schicken Lkw vorfuhr und mit mehreren Kartons auf der Sachkarre in die Bar hineinlief. Die äußerst freundliche Bedienung ging ihm triumphierend hinterher und nickte mir zu. Ich nickte zurück. Beide grinsten wir.

Es stürmte kein Wind in Baumes Kronen, und dennoch konnte ich mir einen Kalauer nicht verkneifen.

»Dem Erlkönig entkommen in größter Not,

der Wein in seinen Armen, der war rot.«

Das Grinsen der äußerst freundlichen Bedienung verzog sich schlagartig.

»Manchmal bist du wirklich nur noch ein ›…‹!«

»Selber ein ›…‹!«

Aber da war er bereits kopfschüttelnd in der Bar verschwunden.

»›*Tempi normale*‹ … so ein …«, konnte ich noch hören.

***

Die äußerst freundliche Bedienung hatte die Tische und Stühle bereits hineingetragen. Er goss mein Glas nach, für ihn selbst stand ein Whisky bereit. Wir saßen am letzten freien Tisch.

Luna war am Himmel zu sehen.

Die Nacht war mild, erfüllt vom Nebelglanz,
Plagen und Mühen lösten sich ganz.
Und so verharrten, gewahrten wir still im Rausche,
Bis ich zahlte und dankte und schwankte nach Hause.

Kapitel 17

John Barleycorns Geist war zu spüren.

Ein fernes Rufen in dunstiger Nacht. Unbestimmbar wie ein Wasserplätschern im düsteren Nebel. Ein Windhauch wehte. Jedoch kein kalter, der einen frieren lässt. Es war eine warme, ja heiße Luft, die aus einer sich öffnenden Kneipentür heraus schwoll. Bierselig, schnapstrunken, weinerheitert. Lautes Lachen. Sorgenvergessend. Eine Einladung. Ein Versprechen.

»Gehe zu ihm hin!«
»Ja ... komm zu mir!«

Er trieb sich, geduldig, wie er ist, an einem dieser schmucklosen Orte herum, denen echte Gemütlichkeit und Herzlichkeit fehlen. Dekoration und Licht waren Ausreden. Die Luft war eine erstickende Hitze, erfüllt vom schweren und trüben Leben, überlagert vom närrischen Lachen, das vergessen will.

Nein, für Wohlbefinden und Geselligkeit, für Rausch und Trost war allein John Barleycorn zuständig. Jener Geist aus Jack Londons gleichnamigem und autobiografischem Roman, der als ›guter Freund‹ Moral, Trauer und Zweifel beiseiteschiebt, dich von den Sorgen des Alltags befreit und aus dir einen spielenden, lachenden Gott macht.

»Ein König der Lügner, Lehrer der Wahrheit«, wie Jack London schrieb.

Die äußerst freundliche Bedienung hatte seinen freien Tag und wir waren in einer uns beiden unbekannten Kneipe eingekehrt, in der es maximal zwei Sorten Bier vom Fass gab – »das läuft hier einfach!« –, unter Cocktail eine Halb-und-Halb-Mischung aus Cola und Rum mit einem Eiswürfel verstanden wurde und der Rotwein sich nur der Farbe nach von Sauerkrautsaft unterschied.

Unser Plan, sich weit weg von der Esplanada und ihrer Stammkundschaft in einem Biergarten an einem See zu treffen, fiel buchstäblich ins Wasser. Es herrschte an diesem Spätsommerabend eine heiße, drückendschwere Luft unter einer grauen Wolkendecke, die nicht gewillt war, heute noch aufzuhellen, um wenigstens für die Nacht eine erfrischende Kühle zu erlauben. Oder nur dann, wenn sich der Himmel als donnernde Gewittergewalt entladen hätte. Die äußerst freundliche Bedienung befürchtete zumindest dergleichen.

Ich versuchte erst gar nicht, den alten Besserwisser zu überzeugen, dass »vor dem sechsten Halben kein Regentropfen unsere Biere verwässern würde«.

»Das wird heute noch richtig krachen!«, blickte die äußerst freundliche Bedienung immer wieder besorgt zum Himmel.

Ich gab also nach, und statt in den Biergarten kehrten wir in oben beschriebener Kneipe ein.

Hier gab es alle Arten der Sauferei.

Stilles Saufen, grölendes Saufen, denkendes Saufen.

Unter den Gästen waren die vom Leben weggedrehten, stillen Trinker, die vergessen wollten, was das Leben ihnen angetan oder vorenthalten hatte.

Die lauten Suffköppe, die mit viel Theatralik aus ihrem in ihrer Phantasie überfüllten Leben zu berichten wussten.

Grübelnde Philosophen, denen die Lösung für das richtige Leben nicht einfallen wollte.

Es waren, wenn gesprochen wurde, meist sprach- und inhaltslose Worte zu hören, die nichts weiter als saufen und saufen und saufen, labern und labern und schwafeln bedeuteten, ohne dass dem einen Einhalt geboten noch dem anderen ein Sinn gegeben wurde. Wenn gesoffen wird, gibt es letztlich nur zwei große Familien. Die Vergnügten oder Betrübten. Letztere waren hier deutlich in Überzahl.

Dass so manch anwesender Quatschkopf an einen gewissen Stammgast erinnern würde, bemerkte die äußerst freundliche Bedienung, nachdem wir uns zwei Plätze am Ende der Theke direkt neben den Spielautomaten gesichert hatten.

Wir stießen an.

Ja, Dummschwätzerei sei wirklich schlimm, gab ich ihm recht. Ob er jenen angesprochenen Stammgast mal darüber unterrichtet habe.

Mehr Unterricht als jedem anderen auf dieser Welt, und doch sei es bis zum heutigen Tage unmöglich, einen Samen der Vernunft in den Kopf des besagten Gastes zu pflanzen. Dabei klopfte die äußerst freundliche Bedienung mir auf die Schulter.

Ob er denn neben der Kellnerschaft auch in des Gärtners Künsten bewandert sei, frug ich.

Er klopfte mir erneut auf die Schulter, sagte nichts, lächelte nur. Ich wollte schon was sagen, als …

… ein gewaltiger Donner mit solcher Heftigkeit losbrach, dass nicht nur ich erschrocken schwieg. Für einen kurzen Moment war der ganze Laden ruhig. Aber schnell schwollen die Stimmen wieder an. Bevor ich der äußerst freundlichen Bedienung meine Meinung geigen konnte, wurden uns zwei neue Biere hingestellt.

»Zum Wohl, die Herren.«

Wir stießen an.

»Die Geige bringe ich nächstes Mal mit«, sagte ich.

»Jaja«, antwortete mein alter Freund.

Wir tranken, John Barleycorn gesellte sich zu uns, und es war Frieden und Eintracht am Ende der Theke direkt neben den Spielautomaten.

***

Wieder war ein gewaltiger Donner zu hören. Von einem warnenden Blitz zuvor keine Spur. Die dunklen Fensterscheiben verhinderten den Zwang, das Leben ›da draußen‹ genießen zu müssen, indem sie einfach jedes ›da draußen‹ fernhielten. Hier war John Barleycorns Ort, und seine Aufgabe lautete, den Ratlosen und Überanstrengten ›zu helfen‹, das Leben im Rausch zu vergessen. Sei's kurzzeitig oder für immer.

Wir tranken unser Bier aus, als niederprasselnder Regen endgültig bestätigte, dass außerhalb dieser Räume nichts Besseres auf uns wartete. Was blieb, als noch ein Bier zu bestellen?

»Wusstest du, dass Jack London schon mit vierzig am Alkohol starb?«

»Der über Abenteuer in der Wildnis schrieb?«

»Ein Säufer.«

»Fernando Pessoa, Jack Kerouac … Säufer.«

»Beide früh gestorben.«

»Bukowski nicht zu vergessen!«

»Ja, aber der wurde alt.«

»Ja, der wurde alt.«

Wir stießen auf die an, die einst soffen und dann aus losgelöster Seele schrieben.

Leere, weiße Blätter. Ja, sie mussten schreiben, um ihre aufgewühlten Gedanken und Seelen zu beruhigen, um sich mit der Welt zu verständigen. Von unbeantwortbaren Fragen gequält, von der Tatsache bedrückt, ›das echte Leben da draußen‹ ertragen zu müssen, ohne es zu wollen oder zu können, da es ein Nichts zu sein scheint, denn mehr versprechen die Banalitäten des Alltags und die geschäftige Getriebenheiten nicht.

Aber aufgeben konnten sie auch nicht, dafür steckte zu viel Leben, zu viel Liebe in den Herzen dieser Unruhigen. Zu sehr forderten Regungen und Gedanken immer wieder auf, weiterzumachen, etwas zu sagen, etwas zu schreiben.

Und dann wird eine Flasche geöffnet, ein Glas eingegossen.

Der Verstand für ein paar Stunden vom dumpfen Alltag losgelöst; dann füllen sich die leeren, weißen Blätter, weiße Flächen mit der zarten Hoffnung, die Seele würde ein wenig leichter werden.

***

Das Gewitter war vorüber gezogen, aber der Regen hörte nicht auf, prasselte unnachgiebig gegen die dunklen Scheiben. Da bekommt keiner Lust, sich auf den Heimweg zu machen …

Es war die ›Jetzt-egal-Stunde‹. Jeder hier sollte schlafen gehen, ins Bett fallen. Aber einer, einer wollte weiter trinken – und wir alle konnten sein Rufen hören.

Noch eine Stunde. Noch ein Bier. Noch eine Melodie. Noch einen Schnaps. Noch ein Stück Leben. Bitte.

»Du machst alles richtig. Trink noch einen!

Ich bin bei dir. Und waren es nicht die besten Stunden, welche wir zusammen verbrachten? Die Köstlichen und Frohen. Die Stunden, von denen wir noch Tage später erzählten? Ach was, Tage! … noch Jahre später erinnern wir uns an diese Momente.

Oder? Oder war und ist es nicht so?

Da draußen wartet nur das hässliche Leben mit all seiner Leere, in der es immer weniger Trost und Mitgefühl gibt und es einem schaurig werden muss, *wie* die Tage gefüllt sind mit der Hektik und Nutzlosigkeit des Alltags und alles in der traurig ablaufenden Zeit, die nur weiße Flächen hinterlässt als Antwort auf unsere Fragen nach dem Leben. Nein, du machst alles richtig. Trink noch einen!«

– John Barleycorns Wirklichkeit. Seine Wahrheit vom Leben. Verführerisch. Die Wahrheit aller Säufer, an die wir so gerne glauben wollen.

Dass uns der Rausch retten, erlösen, befreien möge.

Nur sehr leise sind seine letzten Worte zu hören.

»Mach dir keine Sorgen um die Schulden. Ich werde warten, ich habe Zeit. Und werde sie erst eines Tages, irgendwann, zurückfordern.«

Oh ja … das wird er.

Kapitel 18

Es ist der Tag des Pari, der Tag, an dem Hell und Dunkel, Sonnenlicht und Mondglanz zu gleichen Teilen über die Welt wachen.

Der Tag, an dem die Schlange von Kukulkán die Stufen der Pyramide hinunter schleicht, um dann auf der letzten Stufe ihr mächtiges Haupt niederzulegen. Das große Maya-Schauspiel auf Yucatan – ein Vermächtnis ihrer Bau- und Wissenskunst, nicht zu rauben wie einst Gold und Silber und daher erhalten geblieben, zur großen Bewunderung der heutigen Menschheit.

Der Sommer geht zu Ende. Bald wird das Lichtfest und später, wenn der Winter die Welt in Kälte erstarren lässt, das große Donnerfest gefeiert. Kinder werden, mit Martinslampen in den Händen, mit großen freudigen Augen Laternen und Lichter besingen, und wenige Wochen danach werden Erwachsene, albern betrunken, sich neue Vorsätze versprechend, mit lautem Knall böse Geister, also begangene Sünden, vertreiben. Kindliches und Kindisches zum Ende des Jahres.

Natürlich sollten diese letzten, noch angenehmen Tage nicht ungenutzt sein, ich war unterwegs zur Esplanada.

***

Angekommen machte ich es mir auf einem der noch vielen freien Plätze bequem und sah in Richtung der bereits früh untergehenden

Sonne.

Erste, bunt gewordene Blätter hingen an den Bäumen und leuchteten in den Farben des sich ankündigenden Herbstes. Wie schön ist der Abschied vom Sommer, wenn sich ein sanfthelles Himmelsblau und ein alt-milder Sonnengott über farbenprächtige Baumeskronen zeigen und noch einmal die Freude des Lebens offenbaren. Noch scheinen die Tage der stürmischen Herbstwinde fern, wenn überreif entblühte Blätter erst durcheinander fliegen und schließlich, bedeckt vom Schnee, zum neuen Nährboden für den nächsten Frühling werden.

Die äußerst freundliche Bedienung kam und fragte, »ob ich einen Eiswürfel in den Wein wünsche«.

Was dies nun wieder soll und dass kein vernünftiger Mensch ›einen Eiswürfel in einen Wein‹ würfe, zudem auch noch in einen Roten. Ob er mich für bekloppt halte?

Die äußerst freundliche Bedienung nickte, ging rein und kam mit einem Wein – selbstverständlich ohne Eiswürfel – zurück.

»Du siehst etwas müde aus.«

»Ja, ein langer Sommer macht müde.«

»Gut, dass du von der Arbeit verschont geblieben bist.«

»Ähm …«

»Außerdem hast du das Saufen vergessen.«

»Ja, auch das Saufen macht müde.«

***

Es ist traurig anzuschauen, wenn ein alter Mensch, gebeugt vom Leben, mit dem Blick zum Boden den Gehweg dahin schreitet, von der Kraft und dem Tatendrang einer sich im Werden bewussten und aufblühenden Jugend bedrängt, beinahe zu ihrer Duldung unterworfen wie auch von vielen anderen, ihm nun fern gewordenen Dingen der Welt.

Ich dachte an meinen Nachbarn, jenen Alten, der noch vor wenigen Wochen mit Hosenträgern und Pantoffeln bis zur Esplanada geschlurft kam, uns jungen, mitteljungen und altjungen Vorbeieilenden freundlich zunickte, um still vergnügt über diese Welt und ihre Unvernunft alle Tage planen und besiegeln, gar befehlen zu wollen. Ich dachte an ihn, wie er vor ein paar Tagen, langsam und gebeugt, nur noch ein Stück die Straße rauf und wieder zurücklief. Einen Tag später wurde er im Rollstuhl aus dem Haus gebracht, in dem er lange gelebt hatte.

Ich erinnerte mich an ein lange zurückliegendes Gespräch.

»Alles was beschlossen wird, wird vom Menschen beschlossen. Und dieser ist ein Idiot.«

Wie er das Rentnerdasein genieße?, fragte ich ihn, da mir nichts Besseres einfiel.

»Och … Ich stehe auf, wenn das Leben auf der Straße laut wird. Mich ärgert nach all den Jahrzehnten, nach einem ganzen Leben, kein Hupen, kein Schreien und kein Geräusch mehr. Der Tag beginnt um einen herum, also stehe ich auf. Alles andere wäre, dem Lauf des Lebens nicht gerecht zu werden. Und dem Lauf des Lebens werde ich weiterhin folgen. Die Menschen warten ständig drauf, dass was passiert, und bemerken nicht, dass immer etwas passiert. So wie die Geschichten eines Sommers.

So dreht sich der Kreis des Lebens nun einmal.«

Nun wurde er fortgebracht. Ohne Klage, ohne Protest. Stumm wurde er im Rollstuhl zum bereitstehenden Krankenwagen geschoben, wahrscheinlich in ein Altersheim zum Sterben gefahren. Weg von hier. Weg von seinem gewohnten Leben. Raus aus seinem sich drehenden Kreis. Sein Blick zeigte keine Verwirrung. Er war erschrocken. Erschrocken, dass es ihn traf, dass es vorbei war. Tatsächlich vorbei war. Endgültig der Veränderlich- und Bestimmbarkeit des eigenen Lebens entzogen.

Der einundzwanzigste September ist wahrlich nicht der letzte Tag des Sommers, doch schon immer war der Tag der Tagundnachtgleiche ein Wendepunkt. Der Tag, an dem der Sonnengott und die Mondgöttin die Welt neu regelten, die Vorherrschaft des Tages und der Nacht neu verteilten, die alte Ordnung auf den Kopf stellen, im Norden und Süden je Sommer und Winter, Wärme und Kälte austauschen.

Es wurde schnell dunkel und deutlich kühler. Die Flammen der nochmals hinausgetragenen Kerzen flackerten unruhig, die warmen Lichter erprobten letztmals ihre Kraft gegen die zunehmende Kälte.

»Na, so langsam wirds frisch.«

Die äußerst freundliche Bedienung stellte uns zwei Gläser hin und setzte sich zu mir. Ich erzählte ihm von dem Alten und beide erinnerten wir uns an ihn.

»Er hat sich immer auf den nächsten Tag gefreut, auf den nächsten Sommer.«

»Ein anderer Gast hat mir erzählt, er sei schwer gestürzt.«

Die äußerst freundliche Bedienung und ich schwiegen noch eine Weile, dann wurde es Zeit für mich. Die warmen Sommernächte waren vorbei. Natürlich werden wir uns beide hin und wieder sehen, aber in den Wintermonaten ließ ich mich nur selten hier blicken. Die Terrasse der Esplanada wird für lange Zeit ein leerer, verlassener Ort sein.

Nun wird auch mit dem Wein Schluss sein. Er schenkt Energie. Aber nur auf Kredit. Ich dachte an John Barleycorn.

Alle Kraft wird letztlich aus uns selbst gezehrt.

Es wurde Zeit, die Akkus aufzuladen, für einen nächsten Sommer, auf den wir uns freuen sollten. Auch dieser wird wieder einen

Mai haben.

Die äußerst freundliche Bedienung und ich drückten uns zum Abschied herzlich.

Ich ging los ... sah mich nach ein paar Schritten um und winkte. Die äußerst freundliche Bedienung winkte zurück.

Der Sommer war vergangen, ein neuer wird kommen.
Und ja, der Kreis des Lebens dreht sich.

Zeitfracht Medien GmbH
Ferdinand-Jühlke-Straße 7
99095 Erfurt, Deutschland
produktsicherheit@kolibri360.de